奇迹之年

THE YEAR OF MIRACLE

东来 著

人民文学出版社

图书在版编目(CIP)数据

奇迹之年/东来著.—北京:人民文学出版社,2021
ISBN 978-7-02-016792-0

Ⅰ.①奇… Ⅱ.①东… Ⅲ.①短篇小说-小说集-中国-当代 Ⅳ.①I247.7

中国版本图书馆CIP数据核字(2020)第251998号

责任编辑　甘　慧　李　翔
封面设计　钱　珺

出版发行	人民文学出版社
社　　址	北京市朝内大街166号
邮政编码	100705
网　　址	http://www.rw-cn.com
印　　刷	上海盛通时代印刷有限公司
经　　销	全国新华书店等
开　　本	890毫米×1240毫米　1/32
印　　张	8.125
字　　数	120千字
版　　次	2021年4月北京第1版
印　　次	2021年4月第1次印刷
书　　号	978-7-02-016792-0
定　　价	68.00元

如有印装质量问题,请与本社图书销售中心调换。电话:010-65233595

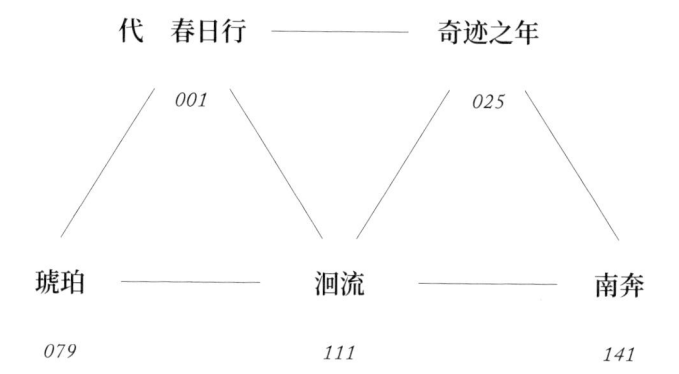

目　录

代　春日行 ——————— 奇迹之年
　　　　　／ 001　　　　　　／ 025

琥珀 —————— 洄流 —————— 南奔

079　　　　　　　　111　　　　　　　　141

代　春日行

献岁发，吾将行。春山茂，春日明。园中鸟，多嘉声。梅始发，柳始青。泛舟舻，齐棹惊。奏《采菱》，歌《鹿鸣》。风微起，波微生。弦亦发，酒亦倾。入莲池，折桂枝。芳袖动，芬叶披。两相思，两不知。

——鲍照《代春日行》

春风里，他和她走。

她站定在一块方砖上，不再前进，他走出去很远，才发现她已经停步，又跑回来，问，怎么了，怎么不往前走了。

她指着方砖，横平竖直四条边，说，这一小块地方就是原点，一切世界都由此生长，我抬起脚来，往南走，那这座城市就往南边生长，如果我往东走，城市就往东去，现在，你猜我要往哪儿走。

他说，这条街是东西走向，你从西边来，肯定往东走。

她说，我还可以往南走，翻过篱笆，泅过那条小河，我也可以往北走，穿过那座红砖房，我还可以往回走，其实没有什么能挡住我，不过我还是决定往东走。

她往前跨了一步，踏进另一块方砖中，继续往前，又踏进一块方砖，走一步停一步，就像个机器人，短短三十米的步道，走了五分钟。反正下午没什么事，他就陪着她发疯。

走到十字路口，她停下来，望着湍急车流，路对面是一座公园，院子里面的桂花树耐不住地长出白墙，绿灯刚刚转红，需要一秒秒地等。

她说，我现在冲到路上去，你猜我会被哪辆车撞到。

他说，我猜会是辆白色的车。

她说，为什么是白色，不是黑色或者红色。

他说，白色上面洒点红，好看。

她点点头，表示满意。

她最爱说这些虚无之事，一开始他也不知如何作答，还会紧张，觉得诡异，后来知道了，不过是种假设，在她的假设里，需要按照她的逻辑行事，一唱一和，要像回事。

譬如她说，我要熔化了。

那他就说，你的熔点太低了。

她要是说，我不管，我就是要熔化。

那他就要问，好吧，熔化完了以后你要怎么办。

她说，就那样一大摊子在路上，走过的人踩我一脚，开过的车碾我一下，鞋底上轮胎上沾一点我，很快路上那一摊子也不见，我被带到斯城的每个角落，我破碎成了最小最轻的尘，扬在空气里，和其他灰尘混在一起，你看不见我，你也闻不见我，但到处都有我，每个我的碎片，看见你都会扑向你，粘在你的头发、眉毛和嘴唇上。

他以前经常被这些话蛊惑，现在已经适应，心中毫无波澜。他和她看着同一片风景，想的事情完全不同。她说，我的脑子里有棵巨大的红珊瑚，还在长，无数个分叉，通向不同的小径，而他连红珊瑚是什么都不知道，她要说，就随她说去。

他们来是为看樱花，公园里有，八十年前种下，二十来棵，老树了，花冠已是巨大，斯城的本地新闻通报，花已经开到全盛，游客来得多。他们站在围墙外，只能看到一点白粉色的尖儿，团团青云似的。

走过了斑马线，往公园大门去，还得走上一百米。

她说，你晓得吧，这个公园是上世纪三十年代由魔术师流星王募集筹建的。流星王的原名叫做刘兴旺，原在北京天桥下耍杂戏，后来学了魔术，来斯城出了大名，那时候没人不知道他的名字，他要是办一场演出，必是在丹桂台或者天瞻台，斯城名流都要来捧场，时运真是不错。樱花树是他专门从日本买来，种在花园里，花了大洋上万。

他说，我不晓得。

她说，他有个绝活，是变鸟。

他说，怎么变。

她伸出右手来，大拇指和食指一搓，说，这么一下，就变出好多鸟来。

他笑起来，说，还以为真有鸟。

斯城的掌故她知道得多，平常她和他走着，手里拿个冰淇淋，或者一杯咖啡，舔着喝着就指点起来：这是民国资本家霍氏的旧院，院子成东西两半，一半住人，另一半种满梅花，上世纪二十年代就对公众开放了，里面的茶馆现在还经营着，还是国营；还有音乐厅前那片草地，以前上面立着一排公寓楼，三十年代建造，名为安森公寓，七二年的时候发了一场火，烧得只剩下红砖，推倒后改成了小公园；河清原是个连着大河的臭水塘，每个夏天蚊蚋滋生，周围人不堪其扰，才取了"河清"这个名字，臭水塘在九十年代初填埋掉了，修成大路，名字还留着；斯城满大街的法国梧桐，原本的名字叫英桐，只因早年法租界最先种植，才叫了这个名字；斯城的咖啡馆有八千多家，而且数量还在稳定增长，或者几年之后，便有一万家，每天尝试一家，也要二十几年……

他以前问她，你都从哪里知道这些的呀。

她说，看点书，有时候在路上走，街道边都会有街区历史小知识的招贴，尤其是旧法租界，可多了，走慢点停下来看看，就知道了些。城市规划局里还有个斯城各个时期的模型，这城市一年年变化可大，十年就是另一番样子。看看它初始的模样，再看看它现在，沧海桑田这个词用着嫌轻。

他说，下次我留心。

但她讲出的许多事不真。不真，也不是假，就是虚虚实实，互相咬着。

譬如她说，斯城的地下一百二十米处有个防空洞，"文革"时候建造，从市政府旧址的地下一直延伸到图书馆，长有四五公里，建成之后短暂开放过半个月，之后一直关闭，据说北区的一个井盖下面有条密道可以前往，但至今还没人找到那个井盖。

他听了觉得有趣，专门跑去档案馆查资料，兜转了好几个月，才发现根本没这回事，这事儿发生在北边的一座城市，事情也不全如她所描述，她不知哪里看来，嫁接到斯城。

还有，她说，新荣街上那个鬼屋，说是夜夜闹鬼，去年清理的时候才发现，原来是几个流浪汉霸占了房子，故意闹出动静，吓走众人；建南北高架桥时，建到一半，有个水泥桩子怎么都打不下去，说是打在龙脉上了，找河清寺的老方丈来念了一通经才放下去，桩子放下去没多久，老和尚就圆寂了，有人说那桩子是用老和尚的命赎的；北区拆改旧屋时，居然从墙壁里打出两具尸体来，二十年前就埋在里面，早就成干尸了，姓甚名谁都查不出来，多吓人，这样的奇谭只存在于都市。

他说，净是瞎说，又问她，这些事儿都谁告诉你的。

她说，保安大叔，斯城人，名下四套房无忧无虑的，在办公室门口放了一个四层的花架，摆了几十盆兰花，每天伺候这些兰花，中午吃饭的当儿给我们讲些八卦逸闻。

后来他去她公司接她下班，才发现她公司根本就没保安，至于"名下四套房""几十盆兰花"，又不知哪里嵌套进来，他也早就习惯她随意安插的细节，好让故事生动，也许她自己也不能辨明其中真伪，或说，话语中的真伪向来是流动的。

他们都喜欢走路，在街道里穿行，一步一步，由点到线，由线到面，足迹串联起各个区域，地图就画出来。斯城是他长大的城市，从他降生开始，到他十八岁，没有出过地界，他指给她，这是他读书的小学，这是他读书的初中、高中，相距不过两公里，步行可以通达，大学在另一个城区读，总归没有离开。三百六十五天日日相见，他对斯城熟透了，闭着眼也能够知道自己身处何处，街道走向、坐标建筑、早点夜市，那些消失于近年城建的老弄堂他也记得，像记得身体上已经淡得看不清的疤痕；他记得很多树和花，点缀在街道或公园，也记得许多去世的老人，仿佛昨日才相见；走在路上，总有人可以相认。他家在九十年前从台州迁徙至此，已经三代，脉络不断，树上开花，而亲朋口中的祖籍，变成一个略微熟悉的地名，早些年，他跟他爸回过台州寻祖，两个人在陌生的乡野里走动，见到几张似曾相识的面孔，却无人相识，又走到山上，越过蔓草去找一座孤坟，最终没有找到。

一年前，他们初相识，在咖啡馆里，小情小调的音乐漫漶，她忽然叹口气，说，我羡慕你，是斯城人，生于斯，长于斯，不像我，来得太晚。

他说，你说户籍啊，那有什么好羡慕，运气好点。

她说，不是，我羡慕你无须去了解斯城，就已经了解斯城。

他说，那是什么。

她说，城市是，越想靠近，越隔一层。

他说，我不懂啊。

她说，你懂才怪，要我这样的人才懂。

他好奇起来，说，你是怎么样的人。

她是和他完全不一样的人，一直迁徙，从一个地方搬到另一个地方，小学、初中、高中、大学竟都不在一个城市，总是刚喜欢上一个地方，吃惯了饮食，认识了几个朋友，马上又得搬离，天南地北，到后来和谁也无法长久相处，分别时总是说会联系、会电话、会写信，可是人健忘，再好的朋友过段时间也记不住面孔，再往后连名字都忘记，肯定不再联系。隔段时间，她的世界就得重启一次，也因此支离破碎。到了新的城市，会特意去了解它的历史和风俗，也会带着好奇四处走走，但是又知道很快会离开，一颗心悬着，总是放不下来，她去每座城市，都想留下来，又不想留下来。没有来处，从某种意义上来说，也就没有去处，和石头缝里蹦出来的猴子也差不多。

她说，我在梦里面，想到自己要离开一个地方，曾涌起过非常浓烈的乡愁，心脏骤然收紧，喘不过气，害怕自己再也回不去，可是一醒过来，那种离别的伤感又一点影儿也没有，甚至想不起来要离开的地方是哪里。

他说，你去过几座城市，我指长期生活过的。

她伸出一只手来，五指伸得笔直——五座完全不同的城市，分散在这个国家的东南西北中，有着完全不同的饮食、风俗和气候，语言也相隔甚远，最后抵达的城市才是斯城。除斯城外，她提到的城市里，只有北方那座城市，他曾经短暂出差，去时正值冬日，北方海岸的烈风抽得他脸疼，令人记忆犹新。他想到见她第一面，感觉是模糊和陌生，她身上没有一根线牵着过去，没有口音，没有风格，没有眷恋。他成年之前没有出过斯城，对于世界之大没有任何概念，五百公里到底有多远，他只能用地图的等间距来计算，她却早就知道了从一个地方去另一个地方，也许要坐上七天七夜的火车。这倒叫他迷恋，又叫他有些羡慕。

她说，这有什么好羡慕，尝尝就知道艰难了。

他问，这五个城市最喜欢哪个。

她说，反正不是斯城。

他说，说说无妨。

她说，就那个西南边陲小城，主街上都是百年前修的木房子，还有穿斜襟蓝布衫的老太太坐在家门口晾小脚，人口不过五六万，主街十分钟就逛完，人和狗和牛和猪一同走在道上，其实是有些味道，一条小火车通进来，一个小小尖尖的火车站，来往的人不多，大家去的地方也不远，不过我说的都是二十年前的情形，现在这些应该早就消失，我喜欢它，是因为回想起来，它最像一个站不住脚的梦境，由许多人的梦境一起构成，如果有一个人撤离，这个梦境就不成立。我每次跟随父母搬离一个地方，踏上火车或汽车，就知道再也不会回去。人不能两次踏进同一条河流，也就不能回到同一座城市，一旦从它的轨迹里离开，就再也不属于它。

他说，你现在在斯城，也是斯城人了。

她说，也许我明天就走了。

他说，别随便就走。

她说，总会有什么事情逼着我走的。

他说，那么也会有什么事情把你留下来。

他给她看过家人的照片，从他爷爷开始，照片里是个年轻人，穿着白色长衫，坐在老照相馆的山水背景布前，手里拿一把折扇，很是斯文；他爷爷和他奶奶竟有张结婚照，他爷爷穿着西装坐着，他奶奶着了婚纱，手里捧一束花站在男人身后，真真时髦；再往下一大家子，十几个人，都是青黑衣服，面对镜头，个个笑得脸僵。老一辈的照片留下来的不多，只得一个淡淡的影子，马上转到了他，彩色照片里他被父母抱在怀中、骑小车、戴红领巾、上学、玩模型、吹小号，种种琐碎，都被记录，又像是被圈在照片里被人观赏。

他说，我爷爷是个账房先生，自台州来斯城，站稳了脚跟，娶了我奶奶，我奶奶原来是纺织厂的女工，二十四岁才嫁给我爷爷，以前，纺织厂里的女工要养一家子，不到二十四五岁家里人都不放出去嫁人。我爷爷也到二十五岁才娶亲，那时候两人算晚婚了，总共生了十一个孩子，我爸是老小，我奶奶生我爸时，已年近五十，十几口人挤在二十来平的里弄屋里，二老一死，家就散了，伯伯姑姑都不来往，好像有仇，到我这辈，到底有几个堂兄妹都说不清，盘算一下，一定很多，散布在斯城，谁也不认识谁。

十一个啊，真是厉害。她在心里惊叹，却没说出口，那样旺盛的生养能力只在传说里，一去不返，而他们结下的果实又重新填埋进土，蔓生开来。

她拿他的祖籍台州敷衍：原本斯城是没有什么台州人的，最早来做生意的两广人多，后来苏州、无锡的人来得多，宁波和苏北人差不多同时涌进来，外乡人在斯城都要结帮，免得被人欺侮，台州人少得连个帮都结不起来，那时候斯城有头脸的人物，哪有台州人。直到那位靠贩鸦片烟起家的颜氏大佬起了家，称霸斯城，台州人有了庇佑，才逐渐多了起来，不至于寡落，他爷爷就是那会儿来的斯城，说不定，就是去给颜氏大佬当账房先生去了，一算时间，将将扣得上，不给这样的人做事，哪里来的钱养那么多孩子。他听了笑起来，说小人物哪能和那种搅乱半边天的人扯上关系，隐约又想起来，他爸曾经说过，他爷爷四十年代离开过内地，去香港待了两年，揾食求生，那时候颜氏大佬也避乱在香港，不知是巧合，还是真被她猜着。

从这一点来说，他喜欢听她讲述斯城，口吻浓重，色彩瑰丽，全是奇情，许多人和事交替出场，却又模糊了时间和地点，在市井之外另有一个市井，超脱一切既定规则，斯城变成一座飞来之城，幻想之城，水中月，镜中花，完全不同于他的所知所处。

她说，他是斯城，斯城是他。斯城除去实体，全由记忆构成，他是记忆的中心，他和其他人的，其他人和他的，扭在一起，他渗透到斯城，斯城也渗透到他，他的记忆连缀他人的记忆，他人的记忆又连缀着更多的人，记忆延绵，最终连缀成一张顶密的大网，笼罩在斯城之上，城市的边际生长，记忆的网络越织越大，终于牢不可破，而他始终稳坐在网络的中央，他拥有一个最最完整的斯城。斯城于他，是鲜活的，是不老不死。

他说，我哪会想这么多，我想的特简单，就是吃好喝好，好好活着，多出去玩两趟。

她说,你看你看,我就想不到这么简单,这就是差别。我来到这里,面对的是一座陌生的城市,我和它没有天然的联系,不知道它从哪里来,为什么长成这样,还会长成什么样。它对我来说可不是什么归处,而是巨大的残骸,像一条百足虫,过去节节死去,未来也和我没有什么关系,我从来不觉得生活在这里是理所当然,我在这里,不过是委身于此。要去了解它,只能俯瞰,从它的原点开始,一点点画出它生长的足迹,看它从小变大,从一个不过数千人的镇市,放射着蚕食周边,在百来年的时间,变成一座巨大的无所不能的城。可是这不过白费力气,我看到的只是一个个零碎的故事,以及串联起它们的线索,这些有什么用,无论我从地理上,还是从历史里去了解它,它都是一张褪色的背景板,早就失去了生命。斯城的一切都倾倒向我,在里面找不到和我有关的节点,我从任何方向出发,都无法抵达它的核心。这些浮皮潦草的旧事,知道得越多,离斯城越远,这就像是,无法通过解剖一具尸体来了解这个人。

他说,你可以进入我的网络里来。

她笑起来,说,那我岂不是不能拔腿就走了。

他始终想不通,为什么是了解越多,离斯城越远,但她知道的那些,他向来不关心。

买了门票，进了公园，到樱花树下找了一片平整空地，铺开野餐毯子，两个人躺下来，仰视着这棵花树，片片的团团的，被阳光照透，一树琉璃白火，快要烧透了天。她很快睡着了，整个人卷起来，脸被晒得发红，分布得太过疏阔的五官，此刻看来更加破碎，像毕加索的画，零件拆开，又粘回去，不再真切。来看花的人虽多，却都是走马，他们两个也被人一道观看。

这个公园是流星王筹建的，据说图纸也是他画的，谁也不知道为什么一个天桥下耍杂戏的人会兴起建公园的念头，一个文盲又从哪里学会画图，还真给他筹到了许多钱建起来，整件事听来都如此不真实，但它确乎发生了。

公园均匀分成四瓣，每一瓣都是不同风格，东边是西洋式的玫瑰园；西边是苏式园林；南边原来是跑狗场，现在挖了条小河，曲曲折折，连通园外的围园河；北边是日本式庭院，樱树林就在这里面。虽然丰富，但是趣味粗鄙，附近公园少，周围居民都进来逛，在树下或凉亭里打牌下棋练拳，一直热闹非凡。

他和她在公园里闲着没事，租一条小船，花小半时辰，在河里流连，小河曲折，转弯困难，时常撞在岸边花丛。两岸的柳树释放着无穷无尽的柳絮，大大小小在空气中飘浮，造出春日艳阳里的雪，迷住人眼，掉在水面上，渐渐铺满河道，他们一边向前划桨，一边扎到这场春天的雪里，桨打在水面的声音轻微，一下子将那些白絮卷到水里，便宜了河鱼。在浓密的白絮中穿行，脸上身上却沾不到一点，这场景连他都觉得似梦，更别提她了，划船前又喝了点酒，幻想排铺过来。

她说，我们现在亚马孙雨林中。

他说，好的。

她说，我们正身处亚马孙河的某一条支流的支流，向着雨林深处去，切断了一切信号，只有我们两个人。

他说，好的。

随着这一声"好的"，斯城就退到后面去，包围公园的高楼大厦也在刹那消失，流星王的公园被幽灵般的绿意围裹，现实世界隐到一片虚无之中，连接两者只有飘飞的柳絮，但亚马孙里没有柳絮，只有成群的硕大蚊蚋飘在头顶，他受了蛊惑，仿佛真的同她在一片绿野中漫无目的地迟缓前行，不知不觉停下了手中的桨，让小船自行漂流，两旁的莽林幽深灰暗，窥不到尽头，河水中始终有一股腐败的气味，有什么虫什么鸟什么猿在叫，织出来的声音绵密无边，天气随时会下雨，河水随时会暴涨，植物随时会吞噬，四周一切都挤压过来，他们这艘小船不知道什么时候会被打翻。

他们一直漂到公园里的小船坞，停好了船，把桨交出去，又去取回了押金，拿着二百块的现金，两人去吃火锅，人声鼎沸，热气腾腾地吃了很久，她长叹一口气，说，可算是回来了，刚才我还一直在漂呢。

既然在斯城游览雨林可以，那么，一字不识的流星王做个大梦也可以。

她说，公园建成之后，流星王在园子里的跑狗场中举办过一场公益魔术表演，吸引了四千多人前来观看，那天他搓搓手指头，灰鸽源源不断地从他的指尖飞向天际，夜晚的灯光不好，后排的观众看不清楚，只听得翅膀扑棱的声音持续了半个小时，在魔术表演之后，这些鸽子在此安家，现在斯城街头的那些灰鸽，多是当年鸽子的后代。你看，流星王把一场大梦做成，还留一个尾巴，拖到现在。

日后，他看见任何一只鸽子，都会想起这个故事，他始终不能分辨其中哪些是真，哪些是假。

有时候他想，如果要去理解她幻想的源头，是不是要将她曾经住过的城市都走一遍，才能找到一些线索，他将这个想法告诉她，她笑起来，说，那么你会陷入一个和我一样的怪圈，你去到了那些地方，也看到了一些我曾经看过的风景，譬如说你去到了西南边陲的那座小城，看到了我所说的一切，足迹重叠，就以为能够理解，但你不知道我也是一片记忆的中心，不止和我的来处有关系，也和时间有关系，也和去处有关系。我每时每刻都在完成，就像你每时每刻都在完成，我们要是到过去里去找，哪怕进入得再深，所见都是一片残骸，你要到残骸里翻拣什么呢。斯城对我来说，也不过是一片遗迹，我在这里，用盲人摸象的方式去理解它，摸到了耳朵就是耳朵，摸到了鼻子就是鼻子。所以，你也不必去我去过的那些地方，免得失望，也免得像我一样过度解读。你不妨这么想，我这么一个外乡人，又是女孩子，独在斯城，又和家人的联系不怎么紧密，也没有什么谈得来的朋友，蜷居在斯城的东北角落，再往外圈一点就是郊区，有许多具体的烦恼，房租、工作、生活啦……芒刺在背，每时每刻都压上来。你就把我这些颠三不着四，看作异乡落寞的另一种形式，无可奈何之举，没必要费心搭理，这样比较好。

他说，听起来还挺伤感的。

她说，不过，偶尔我还是能够通过你尝到斯城的味道。

他说，是什么味道。

她说，你记得吗，有一次你带我去吃水煎包，穿街走巷，钻到里弄，进了一家油渍渍残破小店，煎包端上来，你说味道竟和二十几年前一样。

他说，你喜欢吃水煎包啊，下次再去吃。

她说，我不爱吃。只是看见你吃东西的模样，觉得很有趣，仿佛看到丁点儿大的你背着小书包，踩在马路上，步子又小又碎地朝前奔。斯城那不老不死的部分我也终于触到，虽然只是瞬间，虽然只是鳞屑。

从火锅店吃完饭走出来，又喝了酒，两个人都出了一层薄汗，但早春夜晚还是冷，街道上弥漫一股灰气，道旁的法国梧桐都有七八十年的树龄，树叶又高又密，悬铃木正在散播种子，整座城市被敷得毛茸茸。他将手伸进她的大衣里，搂着她的腰，过一会儿那只手竟然不老实起来，又扯开了毛衣和里衣，手贴上了她的背，冰得她龇牙，冷风灌进来，两个人就这么像连体人一般，紧密地贴在一起，走了些路程。那条路是飞鱼路，东西走向的主干道，连通夏莉路和翡翠路，两旁 art-deco（装饰艺术）建筑板着脸示人，在这样雾气朦胧、似冷非冷的夜晚，行人反而最少。她穿着一双小了半码的皮鞋，木制鞋跟在地面敲出瞪音。

她说，飞鱼路是斯城最早的红灯区，长三堂子多半落在这里，有百来家。

他问，什么是长三堂子。

她说，就是高级妓院，来长三，不论饮酒、过夜、听曲，先付三块大洋，所以叫这个名字。

他说，然后呢。

她说，你一个斯城人，居然连这个都不知道。

他笑起来，说，知道这些才奇怪吧。

她说，先不管怪不怪，后来这一片开了许多鸦片馆，斯城第一家电影院也在这附近，舞厅、赌场、酒吧一家接一家，高歌艳舞，许多人的欲望都投注在这里，垒成了斯城最绮迷的地方，霓虹灯、酒和音乐，原来是远东数一数二的热闹。早前，有部电影《霓虹闪烁》的背景就是飞鱼路，讲的是一个小开败完了钱，背了一身赌债，跑去跳了鸭头江。那片子是黑白片，一个失意的人佝偻走着，镜头越来越高，灯越来越闪，行人来来往往，街道越来越热闹。小学时候，学校放过这个片子，教育我们万恶的资本主义如何把人变成鬼，我就记得飞鱼路，初来斯城，先到这里，发现根本没有霓虹灯，气死我了。

他说，我小学时候经常来这里的少年宫打乒乓球，后来还来学过小号，每个周末下午都来，学了两年。

她说，为什么不学了。

他说，小号那个声音，你是知道的，像放响屁一样，我在家也要练习，我爸受不了，不让学了。

他对飞鱼路为数不多的记忆便是小号高亢嘹亮的声音，明明是他自己吹出来，却又像是窗户外传进来，再进入耳朵，好似一道墙壁，隔绝街上的车马声。飞鱼路仍很热闹，热闹了许多年，早上七八点就开始飘起刀鱼面的味道，店门前排起长队来，飞鱼路离鸭头江最近，远东饭店还在这条路上，车辆往来，游人如织，但已闻不到任何红粉绮艳的味道，那种味道，如果有过，也早就消散不留痕迹。斯城人不爱来这附近，因为游客太多，也因为地理上，这里像是斯城畸生出去的一个角，并不方便抵达。

她说，二十年代有个自称沙俄流亡女公爵的女人居住在此，她的贵族身份有许多漏洞，连自己的封地也说不清楚，后来人考证出来，她原来是圣彼得堡的一个交际花，因为十月革命，逃到斯城来，但她富得流油，戴了满手钻戒，斯城人不问过去，她说自己是女公爵，那就是女公爵。女公爵最钟意郁金香，从荷兰进口了各种品种的郁金香，种在花园，每到开花季节，请来全城权贵，举办郁金香酒会，夜色里的郁金香像一朵朵发光的小碗，散发着催情的香气。酒会办了二十年，园中的郁金香轰轰烈烈，直至有一日，这位女公爵忽然消失，有人说她破产逃走，有人说她因参与间谍活动，被人暗杀，丢进了鸭头江，总之没人知道她去了哪里，花园荒废，那些郁金香的球茎夜里被人挖去，埋在了自家门口。其实郁金香这种花，一点都不娇贵，随便拿土盖一下，不忘浇水，隔年也能够开出花来，值千值万，最终开在里弄。斯城人对于郁金香的狂热，却是从这里开始的。

他又知道了，原来狂热皆有源头。

四月是郁金香的花期，道旁花坛里种满郁金香，树叶笔直向上，顶出一个花苞来，由是一只只发光小碗散布，亮过路灯，人们匆匆走过去，街道被催情的香气笼罩，生发的欲念，像此刻树梢上的新叶，细小又强烈。他忽然被巨大的妄念攫住，想和她一起走向旁边无人的小巷，用大衣把她罩住，再从口中将她完整吞没，而后她在他的腹中，两个人就像游蛇，从巷子的幽深处滑进夜的梦和梦的夜，在地上留下一条湿印，很快干却。

*人名皆为虚构，世上并无斯城
*代即拟，《春日行》古乐府题

奇迹之年

1

"我爷爷是个赤脚医生。"

对面的男子掸去身上的烟灰,起身把头顶的遮阳伞撑开了,在沙漠的浓烈阳光下,我们获得一小块珍贵的荫蔽。在继续讲述之前,我和他一起看向沙漠,绵绵无尽的红沙堆砌起绵绵无尽的沙丘,地上只有一些枯死的白草和水波似的涟漪,看一眼都觉得眼睛干痛。旅馆老板用脸盆种了些仙人掌,土块结得硬邦邦的,仙人掌绿油油,硬刺横生。有丝丝微风吹着,薄汗蒸发,并不热。

这家青年旅舍很有名,出现在很多旅行必去清单之中,因为它孤独地建在沙漠深处,乘车抵达时,若值傍晚,可见晚霞和沙漠温柔地包裹几间矮矮的土屋,周围绝无人烟,许多旅行者将这里视为世界的尽头——旅行的终点,有些人甚至会用"圣地"来标榜它,住两个晚上之后就折返,也有人向沙漠更深处继续进发。旅馆养了一队骆驼，雇了三个向导，交两千块钱就可以租一匹骆驼和一顶帐篷，走上两天，去看两处已经风化成丘的古城遗址、一片已经干死的沙棘林、一条没有一滴水的古河道。两天前，交完两千块钱，临走时我突然感到厌倦，没有出发，只是目送了骆驼队的离开，早上的露水打湿沙地，骆驼的脚印在地上印出乱纹，不一会儿就被风刮走。我的骆驼仍被拴在原地，不停地反刍，我看了它一会儿，喂了它一些玉米粒，跑去旅馆的餐厅喝酒。旅馆的老板跟我说，晚上会有个男人住进来，他自己开车来的，微信名字叫做阿来，头像是只飞奔的豹子。

我说："怎么要特意说起这人？"

旅馆老板说："我感觉，已经很多年没有看到用豹子做头像的人了。"

我说："还真是！好久没遇到了，有那么一段时间，有不少。"

老板说："用豹子做头像很傻。"

对话结束。

夜晚九点，旅馆的狗全部狂吠，一辆车开进了院子，一个长手长脚宛如螳螂的男人在群狗的围攻之下，淡定地劈开道路，走进了屋子。那就是阿来吧，我见他拿了房卡，要了一大份面、两瓶啤酒，坐在我对面吃起来。我一眼瞥着电视，一眼瞥着他，期待看到一张豹子似的面孔，但他的脸始终埋在阴影之中，看不清楚。阿来吃完了饭，穿过院子走去客房区，所有的狗又叫起来，他咳嗽一声，狗子们噤声，退回狗舍去了。我问老板，那是阿来吗？老板努努嘴，当做回答。

隔日，我在天台上坐着，喝冰镇啤酒。阿来拿了一堆衣服，走到晾衣竿边，将衣服晾好，随即坐到我的身边。他自然没有长着豹子的面孔，那张脸眉眼平淡，只有一双又圆又厚的嘴唇突兀地挂在脸上，头发稍长，面孔倒是整洁，一丝胡茬也没有，有些恹恹的病态，年纪四十五往上，也许更年长一些，异于常人之处唯有他的眼睛，眼眶红红的，应该是长期睡眠不足所致的慢性角膜炎，乍一眼看上去像是刚刚哭过。他问我借个火，我说我不抽烟。他笑笑，从口袋里摸出一盒火柴来，划着一根，点着了烟，深闷一口，长长吐出来。

"我爷爷是个赤脚医生。"他很自然地说，声线尖细，话茬便立起来，我们像是认识了很久，不必做任何开场、背景阐述、自我介绍云云，直说想说的话，我也没觉得有任何异常。"他以前在粤北山区的村庄里给人看病，山里面蛇多，人总是被咬，所以第一要学会的就是治蛇毒，他因此认得很多草药，凭它什么蛇咬伤，咬成什么样，送到他跟前，几帖药敷下去都能好。他认得一种叫做'卡子草'的草，包治百病，比仙丹还灵，比人参还难找。这草药的脾气也大，春分时候，卡子草的叶子从土里冒出来，长得和芋头叶子差不多，就个尖尖儿冒着，见到也别心急去拔，得坐它边上和它说会儿话，或唱支山歌，趁它听得认真时，轻轻地揪着它的茎，把它从土里拉出来，一路上还得好话哄劝，把它哄高兴了，它才给治病，要是它不高兴，病人吃它敷它也治不了病。"

我笑了笑，阿来见我笑，问："卡子草，你信吗？"

我摇头。

"我知道你不信，"阿来说，"你跟其他人一样，只信自己看见的，自己听见的也只信五分，但是只要……给你看见了，你就信。一旦超乎常规，你们就不理解，视为异端，可是你们把'常规'划得那么小。"他用大拇指抵住小拇指的最上节，比了一下。"就这点儿。"

我又笑，因他过于认真的口吻，反倒无法生气，心里或已一一承认，他说的是对的。我说："你爷爷和卡子草后来怎么样了？"

"1998年，镇上有人被毒蛇咬伤，送来时已经晚了，我爷爷说没救了，那家人不死心，八百里加急送到省医院去，靠打蛇血清活了下来。那之后,我爷爷再没见过一株活的卡子草,它们全都躲去了深山。再后来,我爷爷退休,在鹭城养老,他说鹭城以前也有卡子草,九十年代绝迹,与此同时,蛇也快没了,不到穷乡僻壤见不着。应该是从九十年代末开始,人变得只信自己眼见与耳听的,但是一个人能看到多远、听到多少呢?相比世界之大,肉眼看见的、耳朵听见的,都太短浅,而且容易受到蒙蔽。卡子草的叶心有一层细密的黄绿色绒毛,返照淡淡的昏光。如果你走在山中,遇见了卡子草,就算你不认识它,你也会知道,这是仙草。很好认,如果能碰见的话。"很熨帖的小故事。

上午十点半,旅店里已经两天没有来新的客人,旅店老板送了两瓶沙漠啤酒过来,算作送给我们的礼物。他用多年收入买了一整套日本酿酒设备,加入沙棘枝和油柑汁,酿出一种入口极苦、回甘如蜜的沙漠啤酒,一旦熟悉那个苦味,尝过回潮的甜味,便十分上瘾。我对旅店老板说,等我回到上海后,请他寄一些过来。他说,寄不得,在沙漠喝沙漠啤酒才能喝出甜,回到城市里再喝这个啤酒,要么纯粹是苦,要么淡得像水。或许是路上颠簸,让酒变质了,也或许是喝酒的人回去之后,舌头不再敏锐了,沙漠啤酒只能存在于沙漠之中,这也是一种在地魔法。阿来一口气喝完两瓶,虾皮红随即爬满他的全身，红眼眶也不显红了。他说，这个酒很有能量。能量，我掂量着他的用词。

"你来这里做什么，来看沙漠吗？"我问他。

他摆摆手，说："两个月前，梦见有人对我说，你往西去吧。我就从家里跑出来，一路朝西，每到一个城市就停两天，睡梦中还是有人说，你往西去吧。到了这里，如果晚上还是做那奇怪的梦，我就还得往西去，直到那个梦消失。只是我又有些担心……"

"担心什么？"

"担心这个梦不停，我就得一直往西走，地球是圆的，我会回到原点，要是这梦不停，得绕个大圈子。"他皱了皱眉，为这个事情真实苦恼着。

事到如今，我已经确定眼前的中年人有些精神问题，臆想与偏执已深，但另一方面，我又很乐意和他说说话，若在上海，我们不大有机会打上照面，甚至不会朝对方看一眼，他的疯癫会被城市放大，他肯定也瞧不上我，一个中规中矩疲于奔命的上班族。旅馆断网三天了，只能打电话和发短信，之前网络未断时，刷个网页或者微博也要好几分钟。而这三天之中，天上没有任何云彩，今天的景致与昨日别无二致，风也如昨一样徐徐，带着巨大的擦刮声，时间似乎停滞了。我主动揽下了喂骆驼的活儿，阿来没有来之前，我主要跟骆驼和狗说话。因为没有高楼大厦和车水马龙的对比，这里的辽阔还和千年之前一模一样，似乎现代社会的雨露不会洒落在这里，身在这里就是做梦，梦的内容就是空无。旅馆、沙漠啤酒、阿来就是梦中的点缀，烈风刮过皮肤留下的微灼，就是梦的质地，而在梦中，阿来又给我讲了另一个梦。

"这个梦听着像是宗教故事里才有的东西，"我说，"也许你会成为圣人，你看啊，故事里都是这么写的，《西游记》也是这么写的，历经九九八十一难，最终取得真经，出门之前他连真经是什么都不知道，就这么上路了。穆罕默德追寻真主，摩西出埃及，不都是这样么。"

阿来嘎嘎笑，说："要真是这样，我可能会死在路上。你呢，你为什么来这里？"

"休年假，看到网上写到这里，说这里人少，就买了一张机票飞到邻近的城市，再坐了六个小时汽车过来。"我说，"想远离热闹，越远越好。"

"一个人吗？"

"太太和小孩去了巴厘岛，她们觉得那里有乐子，那地方我们都去过三次了，到处都是中国人，沙滩、大王椰、海鲜、潜水……我早都腻了,她们还没有腻,也许就是有人会腻烦,有些人不会。其实年假一个星期前已经结束,但我还不想回去,又多请了十天假,多待几天。"

"为什么?"

"啤酒好喝,"我说,"晚上刮大风的声音也特别好听,好入睡,网络不通畅,那些逼着人不断往前的东西,看起来很重要很紧迫的事,都被甩到了外面。刚开始那几天,我好像还有一半的身体和脑子还在上班,想到好多事情还没做完,想到其他人都在忙,睡觉都不踏实,数字在梦里蹦,涨了跌了,红了绿了。那阵焦虑劲儿过去之后,待在这里就很舒服了。时代的进程在不同的地方确实不同,在某些地方,我们不配得到这样的平静。这份平静很奢侈,也很短暂,一旦离开这里便会失去,所以想多待几天。"我话说得有些多了。急于分享,也是都市人的毛病之一。因为无所想,心里面有种东西正在复苏,眼睛是眼睛,鼻子是鼻子,耳朵是耳朵,五感敏锐起来,可以感知到空气中很细微的变化,世界变得极为清晰,甚至能感觉到时间流逝的节拍——只是一个比方,时间流逝不会发出声响,所以我们才察觉不出它的流逝——我已十几年没有过这种感觉了。有那么几天,我每天坐在阳台上,四下里看,只是看,只是听,数公里外一只隼飞过我都听得见，它滑翔过去，羽翼震动，发出轻微的哨声，我就随着那哨声飞脱了，从山巅俯冲下来，肾上腺素飙升，多巴胺疯狂分泌，全身骨头过风一样痛快。这么极致的痛快，没法跟人说。阿来之前，旅馆老板不理睬我，他被沙漠同化了，变成了一种木头似的无悲无喜的人，我说的这些他司空见惯。

我继续说："我肯定要回去的，此地不宜久留，山中一日，世上千年，就怕自己回去，城市换了个样子。这个世道真像跑道，再不跑，就要负担不起我太太和小孩的旅行费用了。"

阿来一脸"我很懂"的表情，四肢扭绳一样盘着，周身的怪异又加了几分，有些嘲讽的意味，我知道他不是故意的，他肯定自诩活得比我明白，我短暂的平静与长久的焦虑本来就是城市小资产阶级的快乐与忧烦，在此时身处的广袤天地间，渺小得不值一提。

"有一团黑色……"他说，"盘旋在你的头顶。"

我仰头看了看自己的头顶，头顶之上是遮阳伞，遮阳伞之上是被阳光炙得发灰的天空。

"每个人头顶都有颜色，你仔细看，一定也能看见，"阿来指着我的头顶，"每个人都可以看见。"

我有些不耐烦，说："我看不见。"

"得学会一种特别的看世界的方式，不只是用眼睛，还得用鼻子、耳朵、皮肤、五脏六腑，一起来看，全息地看，站在制高点看。如果只用眼睛，一定看不到。虽说不难，但也不容易，绝大多数人找不到门径，找到了门径也不容易学会，学会了又容易忘记，所以它仍是极少数人才能掌握的能力。小孩子头顶的颜色通常是干净的，没有杂质的红色黄色蓝色绿色。有些能够看见颜色的人以为这是性格的标识，但我以为应该更复杂一些，颜色里不只包含性格，也许还有健康、命运，可能类似人的八字……破解颜色犹如破解密码，我没兴趣，我只是看看，就像看人的相貌，再自然不过。人年纪越大，头顶的颜色越趋于浑浊，染上灰调，中年人的色彩多半是灰或者黑，很正常。有时候，你会看到一些特别清秀的人，不一定是相貌上有什么特别之处。哪怕他浑身是泥，你也只会觉得这个人很干净，周边的灰尘扑不到他身上。这种人头顶的色彩没有变灰，仍像小孩子一样没什么杂质，这种人你碰到一个，就算只打个照面，过十年二十年想起，仍然会鲜明地记得。还有人——这种人就更少，可能你终其一生都碰不上，他们头顶的光七彩流溢，他们与你同在一个世界，又在不同的世界。不能用言语解释清楚，不过也没什么可解释的，可解释的都不足。"

"你看，你果然是做大事的人，"我不无揶揄地说，"我不会做神奇的梦，也看不到人身上的彩光。"

"我知道你不信，我说出来不是为了让你信，要让你这样的人信一样东西，得费好大力气去论证，论证一件你看不见的事物实在太难，就算我能够论证，你也会因为无法看见而选择不信。别费那力气了。"他说。"那么，你相信世界末日吗？"

"不相信，"我说，"应该说，我觉得那就是个笑话。"

"差不多吧，"阿来说，"但世界确实毁灭过了，现在的世界是一片废墟，我们以捡垃圾为乐。"

"我得去喂骆驼了。"

"2012年12月21日，就是那个众所周知的日子，世界毁灭过一次了。"他郑重其事地说。

"骆驼……"

话题逐渐奔着魔幻的方向去，我看了一眼阿来的面孔，发现他变年轻了许多，眼角的鱼尾纹不知道哪里去了，也许是我的错觉，光线抚平了他的皱纹。我要赶去喂骆驼，和阿来约定晚上去他的房间里喝酒，十瓶沙漠啤酒，我来出酒钱，他愿意一一告诉我，世界毁灭的过程。

我把饲料倒在石槽里，抬起头，在目力所见的尽头，天边染上一层紫灰色。旅馆老板说,今年第一场沙暴要来了,明天或者后天。

沙暴来时会怎么样?

刮大风,沙子全部都被吹起来,之后又恢复如初。

风要把表面的沙尘全部吹起来,意欲找出一层平滑的地表,建立在浮沙之上的一切都会被抹去。但常识告诉我们,风没有意志,浮沙之下,也没有什么光滑得像鸡蛋壳一样的岩石地面,浮沙之下仍是浮沙。

2

我当然不愿意接受世界已经毁灭过一次的说法,不然我所生存的这个世界,作为一个普通人为之奋斗的一切,感受的欢愉、承受的煎熬全没有了依据,那一天,世界并没有发生任何变化,甚至连微小的停顿也没有,依旧不管不顾地向前,较之以前,甚至速度更快,几乎要飞。

那一年,我刚过三十岁,看完那部名为《2012》的灾难片,我和当时的女朋友约定,如果12月21日世界没有毁灭,我们仍能见到第二天的太阳,那我们就结婚。这当然是玩笑话，我们根本不信世界末日，但谁的内心没有过片刻希冀，地球在一瞬间灰飞烟灭，誓言、许诺全都因此无须兑现，因此可以放肆胡言。12月22日早晨，她发信息给我，只有三个字"我愿意"，末日预言反而成了婚姻生活的开端，足以在我的生活中留下一个小小标记。个人生活，与另一个人的生活合并，分量变轻，变成一团混沌毛絮，脆弱且容易飘散。就好像那辆倚靠在路边的公交车，本来一直在等你，你还在路边买冰淇淋呢，车忽然发动了，你得跑起来才能追上它。2012年之后，进程确实加快了，结婚、买房、生孩子、卖房、换房、小孩上幼儿园（转个眼要上小学），事情一件赶着一件，比小孩的脚掌长得都快，却都是具体的烦恼，是必然应然全然的煎熬，与欲望和物价赛跑的生活本身。跑着吧，跑到中途，就会忘记了肢体和头脑，只剩下"跑"这么一件事情——幸好跑道几乎是固定的，不需要额外去探索，不然真的会累死。

世界没有毁灭，只是加速了，如我奔向中年。

阿来和我一起吃了一顿羊肉抓饭，各自揣了一个生洋葱当餐后水果，走到他房间，一边吃洋葱，一边喝啤酒。冰过的沙漠啤酒有股杏仁香，但是温度一过十度，那股杏仁香就自然捉摸不到了。吃生洋葱，我这几天才学会，仍然会被辣得满眼泪,辛辣感之后满嘴是清甜,可以持续很久,总的来说,沙漠中的一切甜都不会来得那么容易,也不会那么容易消逝。我给阿来看过妻女的照片,阿来说,太太漂亮,女儿也漂亮。他也递过手机来,我就着他的手机看见一家三口在海边相拥,照片像素不高,应该是几年前的照片。他一家都比例修长,走在街口的话会十分醒目。阿来说,这是他的老婆孩子,孩子在读大学,夫妻都是中学教师,他老婆教语文,他教地理,不过他去年已经被学校解聘,因为在课堂上反复宣扬封建迷信思想,被家长投诉多次,丢了饭碗。我大概能猜到他对学生们说了些什么。

这倒是出乎意料,我下意识以为阿来是单身,有着完整家庭的男人不大会做这么出格的事。

我不禁好奇他太太对他的远足有什么看法。

"她,"他说,"她不管我,她知道我疯。"

"你也知道自己疯。"

"你要是也知道世界末日是什么,不疯才怪。你们这种人多么幸福,仍以为自己生活在一个了不起的时候。"他冷着脸,环着手臂,比画出一个球形,像一个先知,说:"世界末日,并不是指你所见到的这个世界一瞬间消亡。好比苹果烂,不是从表面烂掉的,是从心里,等到烂到表面,内里已经化成一团苦泥,要到那时候你们才看得到末日的景象,不过敏感一点的人,早已闻到了腐烂的味道。那一天,你肯定以为什么变化都没有,一切照旧,说不定你还跑去电影院里看那部《2012》,看大地震怒摧毁人类,黄石公园和海底火山一起喷溅岩浆,大洪水把城市卷走……从电影院走出来,感慨活着真好。可是,就在你们看电影的时候,这个世界的一条支线消失了——神秘消失了,巫术消失了,能量消失了,奇迹消失了。其实在那天之前,它已经衰微很久了,但那天,是彻彻底底消失了。一就是一,二就是二,零不再是事物的原点,'一生二,二生三,三生万物',没了。事物恪守法则,法则越收越小,最终缩到你以为的常识那部分,指甲盖那么小。我们现在就生活在这样的现实里,没有神迹了,没有预言了,没有巫术了,祈祷也没有用了,许愿不会实现,惩罚自然也不会降临。曾经拥有着神力的人,在一夜之间失去了能力,没有任何东西会超脱轨道,一切都在常规下进行。你想想看,是不是 2012 年之后,怪力乱神的传闻逐渐消失了,其实不是传闻变少,而是怪力乱神真的消失了。很快,这个世界就要长不出杂草了,但是表面上,生活不会受影响,可能要过个几百年,人们才能体会出其中的差异。"

我仍旧笑了笑。

"是不是很可笑？"

"与其说觉得可笑，更多的是不可思议，二十一世纪已经过去了五分之一，却还有人对我说这些话。"

"你相信特异功能吗？"他说。

我摇了摇头。

"那就是在末日中消失的东西之一。"

话题至此才进入正题，正如初见阿来时，他应该长一张奇怪的豹子的面孔。这张面孔即便不长在他的脸上，也应长在他的心里。又听到"特异功能"这个词，我还是笑出声来，这是个距离现代文明过于遥远的词汇，古老，而且带着欺骗的原罪，我以为它已经消失在现代世界了，正如"卡子草"在世间的消失，它们同属于一个日渐陌生的世代。可是阿来讲来毫不违和，他便是从那里来。如年轻人嘲笑老年人的迂腐，自诩理性的人嘲笑感性的无用无知，笃信科学的人嘲笑信徒的虔诚，我来到这里，花费十瓶啤酒，不过是为了猎奇和嘲弄，阿来也知道我的来意，但毫无保留，他意在倾诉。

在八九十年代特异功能曾经盛极一时，那时候的新闻里到处都是异能人士，他们有着各种各样的神通，说是神通，听上去又微不足道，或难以求证，诸如把药片从密封的药瓶里抖出来，用鼻子嗅字，耳朵听字，肚子吸住勺子，手心发热煎鸡蛋，发射常人感受不到、机器也无法检测的辐射，双脚离地半毫米，把蛇变进人的肚子再取出来，一个个像极了玩笑，人们像追逐明星一样追逐他们，眼巴巴地指望他们表演异能，这些异能者受邀在大小城市表演，收割信众。有那么一段时间，就连我的父亲——一个接受过良好教育的气象学者，也沉迷于此，买了许多特异功能方面的地摊书，每天起个大早去公园里练习气功，企图用特异功能治愈多年的风湿与心脏病，让秃顶长出头发，打通透视天眼。幼年的我，也曾经梦想自己可以透视，找到我妈藏起来的零钱罐。当然，这些激情早就过去了，我父亲五十六岁时接受了心脏搭桥手术，之后兴趣更多放在养花种草和拉小提琴上，提起那段经历，多半以戏谑的口吻提起——人生无望的寄托，不沉迷于此，便沉迷于彼，总得找个事情来度过中年危机。至少在我的记忆中，"特异功能"四个字并不光彩，九十年代中期以后，那些"超人"一个个被证为"骗子"，报端和电视也不再见到这些人的踪影，那场燃烧于广场的大火便是惨淡的收尾，像是魔力轰轰烈烈地从地底涌出，短时间内又钻了回去。多年之后，再回想那段岁月，感觉到更多的是天真与狂热，从七十年代的狂热，进入八十年代的狂热，再进入九十年代的狂热。总要有些事物，成为狂热的出口，然后被人遗弃，成为集体记忆的废墟，之后再有人提起旧事，倒像是在废墟中去刨文物一样艰难。

阿来打开了啤酒，一口气喝完一瓶。

我说："你也有特异功能咯？"

"我可以把勺子盯弯。"

"又是勺子？"我看向他，口气极尽尖酸，"为什么总是勺子？"

"我应该给你表演一下，"他并没有被冒犯到，说，"但是我现在做不到了。我从旅馆餐厅拿了两个铝勺子来，想试一试，盯得眼睛酸痛也不行。算了，我已经失去它了。

"我九岁时就发现自己仅靠注视就能弄弯勺子，盯着看十秒钟，勺柄会自动弯曲五度，塑料、金属、陶瓷、木头，材质无关紧要，只要是勺子，都可以。这个特异功能，可能是梦里面得来的，也可能是出生就有，只是后来才发现，毕竟谁没事盯着勺子看呢。五度正好肉眼可以分辨，乍一眼看去也并不会觉得这个勺子有什么怪异，要很仔细地去看，才能找出这五度的差别。弯曲五度，不能叠加，五度就是极限，也不能使其复原。

"为什么是勺子，为什么是十秒钟，为什么是五度，我也百思不得其解，说起来这个特异功能真的一点用也没有，可是它落在你身上，有什么法子。后来我还想弄弯其他东西，看见什么都使劲盯一下，可是除了勺子，什么都没有变化，我还想试试自己还能不能干点别的，比如眼睛点火、隔空移物、心电交流、透视、穿墙……都不行，万物自有规律，丝毫不服从于我。那时候恰好是大家对特异功能最为狂热的时候，我认识的每个人都在谈论特异功能、气功、超人、水变油、铜变金，种种不可能的可能性，不在科学范畴内的科学。我给家人表演眼睛弯勺子，我爸妈看完之后，几乎不敢相信，然后是我爷爷——他特地从粤北山区赶回来，看完之后又坐车回去，他一直不支持我在人前表演，觉得这事儿最好埋在家里，别到处抖搂，特异功能和卡子草差不多，会跑走。可我爸觉得，这是个宝，不给人现一下他难受。他拉着我给其他人表演，我的老师、同学、大院里的那些人、报社记者，这事儿便传开了，我的名气越来越大，传出了县城，传到省里，传到全国，他们用'神童'来称呼我，我挺不好意思的，以前他们这么叫顶聪明的孩子，我是个笨人。

"有两三年的时间，我每天和无数勺子打交道，把它们盯弯。梦里面也都是勺子，勺子们在我的头顶旋转，扭得奇形怪状，砸在我头上。看客们不厌其烦，让我'发功'，我便假装十分费力,皱着眉头,眼睛冒火,其实这件事对我来说一点也不难,简单得像是伸伸手脚,不费力气。每次一结束,台下的人哄上台来,把勺子一抢而光,他们都相信我有一股神力,那么弯曲的勺子也会沾上神力,包治百病。有段时间大小报纸上总是出现我的名字,如果你去查1985年9月7日的《新华日报》,会在第七版的右下角豆腐块儿里找到我,虽然只是很小一块儿,却登载了一张我拿着勺子拍下的照片。几年间,我走过全国好多地方,省城、北京、上海、厦门……给省领导表演,给日本访问学者表演,给科学家表演,给医院里的癌症病人表演。我妈妈有剪报的习惯,我出名了,她一直很兴奋,家里八辈贫农,连秀才都没出过一个,现在竟出了个'神童',她把报纸杂志上所有关于我的新闻都剪了下来,贴了足有四五本笔记本,一直当宝贝。她去世之后,这些剪报集作为遗物,放在我家书架的角落里,再也没人翻开过。

"那几年我总是想,为什么别人都没有,偏偏我有,我必是被选中的人,'天将降大任于斯人也',但有另一种感觉也无法摆脱,那就是这项能力即便是罕见的,甚至是绝无仅有的,它也是无用的。我最怕别人问我,'你这特异功能到底有什么用',要是有人问出来,我会愣住,或者假装没有听见,或直接逃走。不过，没有一个人问这个问题，大家似乎被特异功能本身迷住了，来不及去想这些。"

窗外的风吹得门框哗哗作响，今天的风更大，远处传来悠长的狼嚎声，狼嚎声飘到这里。我在信和不信间徘徊，不信更多一点，但每当有人笃定地对我讲述，我又忍不住信，不是信话语，而是信此时此刻，话语中的空隙。

"你知道那个用耳朵听字的唐愚吗？"

"知道。"我说。我比阿来年轻几岁，但仍有一些故事传递下来，只是其中的意味截然不同。耳朵听字，其人其事，我在初中物理课上听到，物理老师说，学了初中物理，初步具备了解现实运行规律的能力，不可以信耳朵听字、天眼猜字的事了，那些"都是假的"。那时候才知道，在七十年代末，在四川，曾有个名为唐愚的男孩可以通过听觉辨字，无论在纸上写什么，卷成小球，他放在耳边听上几分钟，一定能辨出是什么字，甚至用笔的颜色，他都说得清。唐愚之后听音辨字的人多起来，各处都有儿童拥有这项特异功能。可以说，是唐愚开启了中国的特异功能时代，在那之后，拥有特异功能的人多起来，种类越来越丰富，能力越来越强，短时间内进化到匪夷所思的程度。在想象的初期，"耳朵听字"这种并不突出的功能，便是一种试探，像用脚沾沾水，测一下温度，不冷，甚至还有点温暖，那些人便一头扎入河中去畅游了。我在我父亲留下来的有关特异功能的书上看到过唐愚的画报，他手扶着耳廓，侧耳听着什么，脸色红润，神情乖巧，是那个年代某种标准的儿童模样。

"我见过他，"阿来说，"我们当时一起受邀为日本特异功能协会表演。一行十人，唐愚也在其中，他比我大几岁，已经是个大小伙子，当时骂他是骗子的人很多，他已不太露面，日本人出了一笔钱，他才出场。我一看见唐愚，就知道他真的有本事，他呆呆坐在一角，不言不语，脸晒得极黑，穿一件不大合身的新衬衫，我坐在他旁边，他扭头看了我一眼，就那一眼，让我鸡皮疙瘩起来，他那双木木呆呆的眼睛，倒要看到人心里去。日本人写的是日文，为了防止作弊，一人在另一个房间写好字，卷成团递到他的面前，唐愚从始至终蒙住眼睛，拿起纸团在耳边听，然后在纸上依样画出字形来。他一共听了五次，每次都很轻松，那些日本人将全过程用录像机录下，反复确认他是否作弊，但在那种情况下，作弊几乎不可能。晚上我们住同一家招待所，在同一间房。我问他，听字是什么感觉。他说，把纸团靠近耳朵，呼吸放缓一点，一二分钟之后，无论是图画还是文字，都在脑中自然浮现出来，只需照描下来就可以。我说，这特异功能听上去有用，考试的时候可以作弊。唐愚笑起来憨憨的，说，离远了不行，总不能把耳朵贴到人家的试卷上去听，有那工夫还不如瞎蒙。我问他后来为什么不多出来几次，他的名气那么大。他说，这种东西没有给他带来什么好处，每天听字，他都腻味了。他那时已经辍学了，跟着他父亲做泥瓦匠，盖房子远比在人前表演用耳朵听字有趣得多，一砖一瓦盖踏实了，人才踏实。意思是，他放弃了特异功能，如果特异功能算个礼物，他决定退货了。"

我说："后来好像再也没有听过唐愚的消息了。"

阿来说："那时候也没有网络，报纸不报道他了，他自然消失在人前。我只记得第二天，我们一起吃过午饭，分别时，他说我头顶的光是浅黄色。我问他，那是什么。他说，他也不知道那光是什么，每个人都有，而且颜色不同。他教我怎么看，我按照他教的方法，便看见了旋在人头顶不散的一圈光晕。从此我走入人群，发现人们除了面貌不同，还有色彩的分别。我也看见了唐愚头顶的光，是纯度极高的蓝色，只是我不知道那意味着什么。"

"到底怎么看？"

"就那样看，我已经教过你了。"

我眯起眼睛，想依照阿来所说，调动五感，全息地看，站在制高点看,什么也看不出,只看见他投在墙壁上灰色的影子。

阿来大笑,说:"多加练习,你一定行的。"

我大概已经掉入他的圈套。与阿来交谈让我依稀想起我爸,两个人都喜欢用神秘来渲染事物。我爸已于三年前去世,死因是心脏病发作,走得匆忙,没有留下遗言。他一生的爱好就是在路边漫步,判断未来的天气。接下来几个小时的气温、湿度、风速,往往与他的预判分毫不差。有时我们一起在路上,他从胸口拿出老派的丝质手帕,在风中扬一下,拿出纸笔,记下一些数字。"三个小时后会有一场六级大风","一场只下五分钟的小雨",或者"记得带伞,下午四点钟会下雨,你放学后半小时才停",他总是这样说,在幼年的我看来,这差不多也是一项特异功能。我缠着他,求他把秘诀传授给我。我爸指着道旁树说:"小朋友,你不要把自己看成一个人,要把自己看成一棵树,头发是叶子,皮肤就是树皮,站着别动,想象你的根须扎进土里,想象你没有眼睛,叶片伸向天空,从空气中获得天气的信息。风一吹,你就知道了一切。"我按照他说的,站得笔直,闭上眼睛,假装自己是一棵树,试图听见草木的低语。

诚然,我爸在打发小孩子,隐去了他多年的专业积淀,但他多年来一直都试图让我知道气象不仅是数字和计算，还须感受。有时直觉才能穿透许多认知的雾障，暗中交给我们答案。这种感受力脆弱而珍贵，需要持之以恒的训练，不然会随年龄退化，或致完全丧失。依赖理性和计算，毕竟是更容易的事情。因为这一层缘故，我对阿来有了些亲近感。

"后来呢？"我说。

"电视里面整天滚着'特异功能'四字，没几个人说得清这四个字的含义，听得多看得多，睡梦里也想，就着了魔。那时候，苏联和美国都在搞人体特异功能的研究，咱们也不能落人后。我正读初中，听说美国有个小孩能够用意念把勺子拧成麻花，我呢，我也还在跟勺子杠，却只能把勺子弯曲五度。五度和麻花，云泥之别！几年来毫无长进，这样下去超英赶美是不可能了。众人早就看腻了我的把戏，花样那么多，这算什么菜。我也想不通，为什么不能让勺子更弯一些，为什么不能弯点别的。别人都开始穿墙透视飞升了，我还在弯勺子……虽说是超人，但只超一点点，就和一个人长得高点、耳朵大点、长个六指一样，没什么可稀奇，也没什么可骄傲。我也真是怕了勺子，看见勺子眼睛就痛。我爸也觉得，我的异能肯定不止于此，露出来的那点，不过是冰山一角，只要好好挖掘，地下还有富矿。我们不信，怎么只给这么点甜头，小甜头之后，应该跟着更大的甜头。"阿来停了停，喝口水，说："为了尝尝那更大的甜头，我跑去练气功了。"

"哈哈，果然。躲不开。"

"其实是受我爸的影响，他是个气功迷，那时候练气功是时髦的事。一开始只是一小群人练，后来无一人不在练，只要你有手有脚能跑会跳，干吗不去练气功？打发时间，强身健体，又没坏处，那会儿闲人多，生活节奏也慢，大家也不着急去挣钱。我爸是最早开始练气功的那拨人，打倒'四人帮'之后，他因是单位造反派的二把手，也被打倒，暂时退下来，无所事事，就跟着下山的老道练硬气功，冬练三九夏练三伏，坚持了好几年。后来气功的种类多了，这种吃功夫的硬气功练的人就少了，我爸转而去练了一种金丹功。金丹功不需要练硬功，只需每天定时打坐，想象丹田那里有一颗金丹，金丹浑圆饱满，在五脏六腑里流转。那时候流行的说法是，气功练得好，就会持有特异功能；有了特异功能，就是超人——超出一般人。其实'超人'是什么意思，也没有几个人知道，只是这两个字听上去就离地三尺，这个世界不能有神仙，却可以有超人，神仙是迷信，超人是科学。那时候很多领导人和高级知识分子都在练气功，它是全民游戏，不分贫富贵贱。我开始跟着我爸练习气功，希望能开发出更多的特异功能。"

"开发出来了吗?"我问道。

"你猜。"

"我猜没有。"我说。

阿来挠了挠头,伸手摁死了一只跳蚤,旅馆的床上多这种小虫,初来时,我被咬得满身红包,无论什么驱虫药水都没有用,这也是在沙漠必须忍受的事物之一。阿来看起来并不是在意虫子的人,他只是需要一个停顿。

"是,没有。"他说,"现在想起来,仍然觉得意难平,早知道是这样无用而微小的东西,干脆别给了,倒叫人花了好大时间好大力气去追,最后一场梦。"他抬起头,看了一眼天花板,又有些飞蛾乱窜,往灯上不知疲倦地撞。"我见了许多气功大师,都是骗子。很多骗术现在看起来很低级,可那时候的人单纯,上面说什么,下面便信。他们头顶的光,无一不浑浊昏暗。不过会几招障眼法,说些大话。可是别人都信的时候,你信不信?心志不坚定的时候,一定会信,就算你真的不信,也不要说出来,不然你就有问题,还会被人说眼瞎心盲,还会有人咒你肠穿肚烂。信仰比真实更不可动摇,信仰会改变真实的模样。

"那几年,常有气功大师开研讨会,不同的人来来去去,名字记不住,只好'马大师''刘大师'地乱叫。场地多选在工人文化宫,门票两三块钱,我爸都会带我去,开开眼,见场面,凑热闹,大师们总要表演一些神通,说些逗乐的话,门票钱能值回来,那会儿娱乐生活太贫瘠,就当听相声了。印象最深的是笑功,进去百十人,也不开灯,只台上亮着,大师坐在中间,笑得满脸褶子,说'笑一笑,十年少;再一笑,登仙了',手一抬,百十号人忽然放声大笑起来,黑暗中好洪亮痛快,好似发了大水,滚滚而来,要将一切都冲走。你在里面,忍不住跟着笑,好像摁下了一个按钮,你也不知道自己在笑些什么,只管朝着天花板大笑,笑到腹痛,眼泪乱飞,满地乱爬,背过气去。尤其是那些经了事的大人,心里面憋着一口气,平常哪有机会喊出来,这一笑,真是不得了,还要互相攀比,比谁笑得时间久,笑得大声,笑得夸张。'笑功'流行了很久,到〇几年,练这功的人才少了。有时候大师们来表演,我也会被叫去热场子,在他们出场之前表演一下弯勺子,收点好处费。有个很有名的姓颜的气功大师,你记得吗?"

我说:"不记得。"我记事时,气功的时代已经过去,我所听见的,仅是旋涡般的回响。

"1987年大兴安岭特大火灾,烧了近一个月,沈阳军区请颜大师远程发功灭火，三天之后，大火果然被扑灭了。报纸上到处宣传大师气功的神奇，他名声大噪。除了会气功，颜大师还被外星人请去喝过茶，坐过宇宙飞船，能和外星人用脑电波交流。他来我们那儿传授气功，三天培训费三百块，那是当时工薪阶层半年的工资，收钱之前，得叫人心服口服。他找到我，叫我小骗子，他说他知道我的把戏，他见过不少我这样的小孩，只会扯谎，小骗子最终会成长为他这样的大骗子，小骗不长久，大骗能成真。我爸把我交给颜大师，让我跟着好好学学——其实就是当托儿。表演之前，我们彩排了好几次，他要表演的是天眼辨字，让台下的观众写字条揉成团交上去，他发功，用天眼逐一辨认出来。这个骗术其实特别简单，只不过是移花接木，第一个应验的人其实是托儿。颜大师拿出第一个字条来，假装费老大劲认出来，然后问台下的人，是不是写了他的名字，托儿只管答应，颜大师就可以当众验证，打开那张纸条，其实第一个人根本没交纸条，颜大师当众打开下一个人交上去的纸条，只需一个个念出来就可以了。拙劣吧？然而无人不信。多年来，颜大师就靠这一招鲜吃遍天下。那时候我打定主意，真要碰上一个有大本事的人，我一定跟他走，跟着要饭也行。"

我说："听起来像是武侠小说里才有的情节。"

阿来笑起来，说："是啊。那时候的人都在做梦，做特异功能梦、气功梦、武侠梦、外星人梦、发财梦。造个梦，不管你这梦多荒诞，无数的人往里钻。"

"你后来找着了这么一个人吗？"

"差点儿找着了。"

"找着了就是找着了，没找着就是没找着，怎么是差点儿？"

"到了九十年代，气功热退下去一些，一般的骗术已经不管用，种种新奇已经见过，如果不是用特异功能飞上天，众人都不要看了。几年间，我练了不下三种气功，搭了不少时间进去，一点用也没有，因为并没有一个屏障等待我去突破。我终于如唐愚所说，感到厌倦。不仅厌倦，还幻灭，没指望。我才是个高中生，已不易轻信，来来去去沉沉浮浮都看遍了。不过说幻灭，又没有完全幻灭，还有火种，一引就燃，我还是信特异功能，信超人，不然我没法解释自己。1992年，我碰见过一个气功大师，我以为我找着那个人了，差点儿跟他走了。"

我看了一眼钟，已经深夜十一点。阿来的讲述未至中途，离世界末日尚远。

阿来很识趣，说，天晚了，明天再说。

半夜，妻子打来电话，口气很着急，略带哭腔，说在巴厘岛上遇到了麻烦事。两天前,女儿的后背长出红疹,起初只有一小片,现在发成了一大片,还发起高烧,可能是食物中毒。我说,你赶紧带她去医院。她说,她们现在一个非常偏僻的小岛上,岛上只有一个小村子和潜水中心,没有医院,也没有乡村医所,唯一的医生不在岛上,要几天之后才回,岛上两天才一个船次,暂时也无法返回大岛,她正束手无策。

我听了,想着她们远在热带孤岛,女儿气息奄奄,妻子近乎崩溃,心中冰凉,却说不上慌乱,浮思之下,甚至有一层隐藏得非常深的想法:我希望女儿就此死去,死在热带岛屿,不要归葬,直接沉入海中,就此远去,不必忍受漫长的人生。可一想到她柔软的声音和头发、小小的手掌和脚丫,就迫不及待想见到她。希望她死,又希望她活,两种互相交织蚕食的心情,不能与妻子说。

妻子说,她快急死了,只好找了村里的巫婆来帮忙,死马当成活马医。巫婆六十来岁,慈眉善目的,说女儿在路上直视了鬼魂,因长得可爱,所以被缠上了,这鬼不是恶鬼,只是贪玩,容易请走。老婆子围着床乱跳了一通,口中念念有词,把蕉叶敷在女儿头上,收了几百块,已经走了,目前女儿的烧退下去一些,但还是有热度,如果明天情况不好,就要打电话给大岛的医院,请求支援。

我说，希望巫婆把鬼捉干净。这愿望是真诚的。

她又问："你呢，你现在怎么样？"

我说："沙暴快来了，还没来，沙漠现在很平静。"

她说："你还在沙漠里吗？我以为你早就回去了。"

我说："快了，沙暴结束，我就回去。"

"你为什么一个电话都不打给我？你一点都不担心我们吗？"

"这里信号不好，"我说，"我很想你们。"

她轻微地叹了口气，挂掉电话，想必内心许多失望。近几年，我们的生活已陷入停滞，只是顺着自然形成的旋涡向前，或许更近于缓慢下坠，譬如说，生了孩子，需要换个大房子，那便东拼西凑，负百万的债务去购更大的房子，始终拮据，也无力跳出这个怪圈，被死死地钉住，丝毫分不出力气。如我父母所说，"哪里有那么好过的日子，都是挣"，说起来，我们总觉得过得比父母那辈好多了，其实是物质爆炸给予的错觉。在2012年世界末日那一天，我并不是这样向她允诺的，她也向我许诺了什么，我们已记不清。

我走到旅馆的院中，往沙暴来的方向看了一天，什么都看不出，漫天星光，深蓝色天空如绒布高挑，天地无悲无喜，默然广袤无际。旅馆老板说，沙暴明天就会到来，至今为止没有任何明显征兆。

如果此时沙暴到来，我愿意走入其中。

3

第二天，门外的群狗吠成一团，时间还早，不到凌晨四点，天光还是青蓝色，只夹了三分光亮，正是日夜交替时分。旅馆老板来敲我的门，请我帮他做些风暴来临前的准备，将露台上的天线和太阳能电池板收进屋子里。天台上，阿来坐在那里，面向西方，满地烟头。

"不去吃点早饭吗？"我一边忙活一边说，已是满头汗。

"等会儿就去。"

"沙暴就要来了，别坐太久。"

"昨天晚上，我刚躺下，又做了那个梦，那声音又说，你要继续往西边去，"他说，"我听了那个声音，立刻醒过来，再也睡不着。"

"你别听它的。回家去吧，"我说，"是癔症啊！"

"嘿嘿，我倒是想回去，好几次动了折返的念头，半途又觉得好奇，'幻听''癔症'都无法说服我。我还是继续往西，总得看看那边有什么,这一趟非去不可。"

我先下楼去了,过会儿再上来,天色不再清透,也不至浑浊。起得太早,本该有困意,却因沙暴将至而精神亢奋。我端了凳子坐过来,也直面西方。

"你昨天说,差点跟个人走了,那人是谁?"我续起昨日的话头。

阿来从呆愣中回过神,说:"哦,那个人啊,我只记得他姓蓝,他不喜欢别人叫他大师,因他原本是中学里面教俄文的,所以大家叫他蓝老师。我初见那人,就觉得他比那些江湖术士强,斯斯文文,他头顶的光是淡蓝色的,与他的姓相合。那时候,他坐在宾馆房间的沙发上,伸手递了一颗糖给我,让我吃了。过会儿,我走路打飘,两只脚踩在棉花上,看路都是拐的,一伸手能摸着天,耳目忽然放大了好几百倍,外面自行车的铃声、行人的说话声都听得清清楚楚,风一吹,人就像小船一样荡起来。蓝老师附在我耳边说了一句,你飞回去吧。我便觉得自己从窗户口飞了出去,贴着地面飞了两三里,到了家。一到家就睡着了,醒过来已经是半夜了,我跟我妈说自己是飞回来的。我妈说,哪儿呢,你像是喝醉了酒,踉踉跄跄进了门,话也不说一句,立刻爬床上去了。我从来没有遇到过这么神奇的事儿,第二天一早又跑去找蓝老师，要认他为师，请他把我带走。蓝老师说，行啊，他那一身本事正要教给别人。我跟我爸说，我要跟着蓝老师，他在我耳边吹了口气，我就可以飞了。那种贴地飞行的感觉，我一辈子也忘不掉。

"蓝老师来我们这儿，也是为了教气功。他的功法叫'宇宙波'，是指通过运气，打通人体与宇宙的自然连接。蓝老师说，其实宇宙无时无刻不充斥着巨大的能量，人在宇宙之中，都能接收这些信号，但仅接收信号没用，还得懂得如何运用，学习宇宙波气功，便可以自如地调用这些宇宙能量。你别笑啊，不好笑，气功中有一支，就是勾连宇宙的，我是亲眼见过其中神奇的人，所以蓝老师说什么我都信。那时是十一月，赶上狮子座流星雨，蓝老师说，流星雨落下时正是宇宙力场聚集的时刻，参与的人数越多，聚集的宇宙力场越强，傍晚天未暗，几百个人聚集在中心广场，每人带一口'信息锅'，其实就是铝锅。蓝老师说，这套气功方法已经有了北京气功协会的科学依据，需要配合一点药物，每个人到前面领了一杯药水，药水蓝老师已经发过功，可以事半功倍。我喝过了，还是觉得苦，有人喝了一杯嫌不足，又喝一杯。我爸说，他已经很久没有在广场看到这么多人，上一次还是十几年前，全市人聚在这里，为毛主席庆生。几百个手电筒将道路照得透明，虽然是冬天最冷的时候，大家心头全是热意，吵吵哄哄，他已经许久未见那样的热闹。

"十点钟全城熄灯，陷入一片宁静，人群喃喃，十三分钟后，零星流星降临，大家戴好铝锅，双手举过头顶，开始接受宇宙波，噪声平息，有人说有滋滋电流穿过头顶钻进地下，有人说在锅内看见漂浮绿光，有人说感觉到一股回旋热风快把自己掀翻。我也顶着一口锅，锅太深，完全遮蔽视线，闷得有点喘不过气来，暂时把铝锅取下来，看向东北，正见两颗流星划过去，拖出长尾，眨个眼消失了。说是流星雨，其实流星并不密集，一分钟几颗，我记得那天没有月亮，空气里好像有一层蓝色的雾，柔软地围裹着我们，我也听到了有人不小心睡着的鼾声，也听到有人低声念诵咒语，几百口铝锅反射出晦暗的光，像好多双眼睛盯着你瞧。深秋天凉，我竟然一点都不觉得冷，蓝老师坐着一动不动，我把信息锅盖回头上去，闭上眼，身处一团黑暗。我快睡过去了，忽然，身体变得很轻，直接飘了起来，地心引力对我失效了，我像个火箭，极速往上飞，低头一看，人变得像蚂蚁那般小。随之，城市也缩成一团，晦暗不明的一团，山川河流高原河谷俱在脚下，'坐地日行八万里，巡天遥看五千河'，突然之间，我什么都看见了，那本不该是人应有的视角，蹿出地球，面见灰白的月亮，以及巨大的沸腾的白色太阳，刺得人几乎无法睁眼，可我的眼睛好好睁着，看着无限新鲜的一切。我大概明白，在那个时刻，我不是我，只是一缕微弱的意识，意识是不会感到刺眼的，刺眼只是感知的惯性。意识可以去任何想去的地方。我继续往上，直至整个太阳系缩成蚕豆那么大小，我身处银河之中，无数星球运转，仿佛近在咫尺。很难向你描绘银河的样子，因为人的视野太小，根本不能够穷其大穷其远，黑暗之中随时随地充斥着巨大的如山崩一样的声音，轰隆轰隆，不绝于耳。我漂浮在无边无际的黑暗之中，周围是那些我叫不出名字的星体，在那里，我不是蝼蚁，也不是微尘，而是空无，不存在。我感觉自己蹿得太远，正不知怎么回去，忽然有人在喊我的名字，有人摇晃我的身体，意识一下子又回到地球，回到那个小广场上。我爸用手电筒照我，问我是不是睡着了，我没有跟他说我灵魂出窍看见了什么，我所见所闻，短时间内无法向任何人解释，我只是点头。我爸又说，广场上死人了，赶紧走。广场的东南角确实围了好些人，警车的鸣笛声自远处传来，我站起身来，两条腿已经发麻，和我爸互相搀扶，走出这片宇宙力场聚集的地方，忍着剧烈的头痛，摸着夜路回家去了。"

我说："这可真是新奇的体验，后来呢？这位蓝老师怎么样了?"

"呵,被抓了。判了死刑,很快枪毙了。"

"为什么?"这倒是个奇妙的转折。

"因为投毒。其实蓝老师根本没有什么特异功能,自然也不会调动什么宇宙能量,只是会配一些让人产生幻觉的草药,在幻觉中人上天入地无所不能。我猜里面有一些神经毒素,副作用很大,那次聚集中,有个老头连喝五六碗,当场死了。蓝老师隔天就被抓了,没几天,我从大人闲谈中得知他被枪毙了,其实现在想想挺可惜,他那手配药的绝活也没传下来。

"后来我爸开始做副食品批发的生意,开始忙起来,气功自然也不练了,这个话题渐渐从我家餐桌聊天里消失。我也不再提,不过还是会偷偷买一些特异功能研究的书和杂志。高三那年,走了狗屎运,竟让我考上了一所很不错的大学,在图书馆的报纸上看到了哈勃望远镜传回来的第一批太空影像,那些巨大的星体、五彩的星云、正在缓慢流动的星河,就在那次狮子座流星雨的幻觉中,我都见过了,甚至比望远镜拍到的还要精彩千万倍。一丝虚无的意识,曾经漂浮到那样的地方,以那样的角度,看过万物,逃脱了物理。如果这不是奇迹,那我就没有什么好说了。"

"你也说过,那是嗑药的幻觉。也可能是记忆偏差,将幻觉中所见的事物和现实对应，通常会出问题。"我话一说出口，已经后悔，无神论者的一切导向都是无神，而有神论者的一切导向都是有神，理解太难，反驳容易。

阿来虚弱地笑一笑，说："在幻觉中触及的真实就不真了吗？"

"我不是那个意思。"我说。

"我学的是师范类，毕业之后是要去做老师的，还可以赶得上最后一批工作分配。不过我的理想是毕业之后，去美国研究特异功能。我查到美国有大学在研究特异功能，当时翻译作'超心理学'，透视、遥视、预知等等都在研究范围内。日思夜想，有点着魔了。我跟老师说，想去美国研究特异功能，他们的表情和你一样，三分不解，七分嘲讽。我不在乎他们怎么看我，他们不曾知我所知，见我所见，自然不能理解。我在大学的时候加入了省特异功能研究协会，那会儿几乎每省每市都有这样的协会，九十年代就式微了，变成骗子窝。我加入进去，不为别的，只为披沙拣金，找到其他真正拥有特异功能的人。两年间，我见到了许许多多自称怀着特异功能的人找上门来——撇去骗子，有一些人是真厉害，譬如有个人身体特别柔软，可以把自己折起来，塞进一个小米缸中；有人能过目不忘，扫一眼报纸，能复述内容，但这些不是特异功能，只是人的物理极限。真正的——像我一样，真正有特异功能的人，我只见过两个，一个是××，另一个是××。"

我忍不住笑了，阿来是有些幽默感的人。

他看我笑，摆出教师的威严，说："严肃一点，正说着严肃的事，不要笑。你发现没有？唐愚、我，还有这两人的特异功能，有个最大的共同点——"

不等我回答，他自己抢答了："没用，不止没用，还很好笑，宛如嘲讽。食之无味，弃之可惜。豁达点的人，比如唐愚，直接丢了；也有像我这样的人，一直抱着不放，妄图突破。我早该想明白，见过那么大的星云之后，我就应该明白，所谓的'超人'，不过是超出常理，既然你们把常理划分得如此之小，超出是很容易的事。可是，有特异功能和没有特异功能是两回事，有特异功能的世界和没有特异功能的世界也是两回事，有些东西它不在常理之中，不符合规范，不遵循规则，但它们存在，就让人觉得松一口气，原来不是一切都是定数，不是什么都被精密的定理包裹住。"

他叹口气，引得我也叹口气。但事实是，一切如常，毫无意外。

"你后来去美国了吗？"我说。

"当然没有，"他苦笑一下，说，"那时候能去美国的人都是个顶个的聪明人，我说过，自己是个笨人，能力有限，考上大学不过是走了狗屎运。不过，苏联解体之后，国际上关于特异功能的研究就走下坡路了，1995年，美国停掉了有关特异功能的研究，'超心理学'这个学科被除名了，我们国家随后也停止了特异功能方面的研究，解散了各大特异功能协会和气功协会。他们说，世界上不存在特异功能，特异功能都是欺骗，不存在什么超人，大家都被骗了，赶紧从大梦中醒来，投入现实世界中去，去赶轰轰烈烈的发展大潮，去赚真金白银，不要再追求虚幻的梦想了。到大学毕业之前，我已经转换了想法，想去做数学和物理研究，在脑中推演整个宇宙，找到那个能够涵盖特异功能的规律。"

"你最后去做了老师，教地理，地理和物理之间的差别还挺大的。"我说。

"我学过量子物理，自学，不过硬件不行，"他指了一下自己的脑袋说，"越是具象的事物越好理解，越是抽象越难，学到一定阶段后，就会发现自己的脑袋原来是一团糨糊。有个很大很醒目的真理就在前面闪耀，但是你跑不动，追不上，只能看到光，却不知道到底是什么在发光。这不是普通人能做得了的事，就算我把脑袋想破，也想不出什么有用的东西来，可有些人的脑子倒像是为这个而生的。毕业之后，我顺理成章当了老师,分配在我们那儿最好的高中。你别看我这样,我是个很好的老师,教书很有一套,中学那点东西太简单了,语文、数学、物理都教过,成果不俗。后来校长说,我们学校少个地理老师,你去吧,我就去了。我娶了校长的小女儿,很快评了一级教师。我老婆赚钱上有点天分,很早就从学校跳出来搞高考培训班,做得很大……"

"你后来没有再给人表演过特异功能吗?"

"给我老婆表演过,也给我的小孩表演过。把弯掉的勺子给她们看,我老婆说,她有时候能看出来弯曲,有时候看不出来,我知道她在哄我,她根本不信。课余时,我也会跟学生说点特异功能的事,他们只当笑话听,把我当成个怪人。现实越来越狭隘了,人却越来越现实,孩子也一样。"

"1995 年,有本杂志停刊了,《人体生命科学》,时代已远,你肯定已经忘了。这是一本特异功能杂志,不过在杂志后期,已经没有什么值得说道的内容,零零凑凑,半本都是割包皮的广告,我还在上面投过稿,写过蓝老师被判死刑的原因和经过。广场上练气功的人不见了,大家开始跳舞,霹雳舞、摇摆舞、太极剑或者别的什么,现在是广场舞,同样是手舞足蹈,没有什么不一样,空旷的场地上一直留不下什么东西,保不齐现在跳广场舞的人,当年也和我一起去参加过宇宙波的集体气功，可是他们都失忆了，或者这些事情根本不值得记忆。好像只有我对那个时代记得清楚，不舍得忘记。我有时候会想，特异功能会不会是我的臆想、偏执，是一场过分真实的梦境。每当自我怀疑时，我就去拿个勺子，看着勺柄在没有任何作用力的情况下，轻微地偏过头去。我知道它是真的，它无一时一刻不是真的，只是它不重要，没有任何用处，因此也不知道该往哪里放。我接受它是我的一部分，我也接受它是这个物理世界的一点意外，仅此而已。"

我说："假作真时真亦假，无为有处有还无。"

阿来说："《红楼梦》里太虚幻境门口的楹联，放在这里并不合适，因为它不是幻觉。《人体生命科学》停刊之后，特异功能爱好者就在网上互相交流了，帖子、贴吧，现在又有了微信群，我每天逛逛，从来不说话，没有新鲜东西。他们知道的我早就知道了，他们不知道的我已亲历过，骗术、谎言，还有夹杂在里面的极少数的真实。"

天已经亮了，不像前几天那么明净透亮，有一朵强势的黑云压在地平线上。无论是狼还是狐狸、鹰隼，都已经嗅到危险的味道，各自找地方躲起来，我向远处眺望，仿佛能看见。群狗不安，在院子里狂吠不休，大声制止无用。旅馆老板从里面探出头来，说，让它们叫会儿，等会儿就消停了。

沙暴来临前，酿酒机器停掉，里面的啤酒必须全部罐装，所以沙漠啤酒免费敞开供应，只限沙暴这两天。我下楼拿了几瓶啤酒并两块饼，与阿来边吃边聊。我一直看向地平线，还想穿过地平线，看地平线的地平线。尽管我们已经身处空旷之地，碍于肉眼，那种遥视的渴望仍然很强烈。

"直到那日，2012年12月21日晚，我像往常一样吃过了饭，但心里一直不安，"他指着那些狂吠的狗说，"和它们一样，感觉到有什么不好的事情要发生，但不知道自己将面临什么。我也不是没有想过，地球会突然间炸开，岩浆到处灌到处淌，或者一场巨大的海啸把全世界给淹了。哈哈，我也知道那荒诞不经，就算真的有末日，也不会来得这么轻易。我惴惴不安地睡了，半夜，大概两三点，我忽然觉得身体变轻，没有做梦，却半夜惊醒，醒来一身冷汗。第二天早上，我出门给孩子买早点，脚步变得很轻便，一沾地身体就弹起来，像踩着了弹簧一样，回去称了一下体重，少了六斤。我想，坏了，赶紧去拿了个勺子，盯了十秒之后，勺子纹丝不动。特异功能失灵了，以前从来没有过，更让我惊讶的是，它居然有重量，就压在我身上。我一个人在房间里待了一天，手里一直拿着那个勺子，脑中一团乌糟。我老婆在外面一直敲门，我也不应，坐到天黑。一个明知无用的东西，在你的怀里揣了几十年，一下子拿走，也叫人无法适应。我本以为，它与我的肉长在了一起，是我的一部分，但它悄无声息地溜走了。"

"不告而别，"我说，"一定伤心。"

"不仅是伤心，感觉被抛弃了，就好比一个蚌，被人取走了珍珠，你说，这个蚌它会不会慌。我慌不择路，跑到网上去发帖，问他们，有没有感觉到自己的特异功能消失了。"

"有人回复吗？"

他苦笑，说："很多，一夜之间五百多个回复。大部分人都是嘲讽，还有人劝我去医院看一下精神科。也有零星回复，说有和我一样的感觉，但他们才叫臆想，话不能当真。这些事情，只能慢慢求证。我找了另外两个人问，他们的特异功能也消失了。我又特意去了一趟四川，想找唐愚，但没有找到，他早不知道去了哪里。好几年之后，我才得出结论——2012年之后的世界，缩小了，超出常理的部分全部被剪除了，平滑得像块新草坪。没有什么不解之谜了，一切都可以解释，可以发现，可以求证，真和伪之间的界限从此分明。从某种层面来说，世界末日确实发生了，只是不那么剧烈，肯定会有长期的副作用，但以我的脑筋想不明白。"

"一个没有了例外的世界确实变得更加无趣了。"我说。

"是啊，无趣，希望副作用仅止于无趣。"阿来说。

"就像卡子草的失踪。"我们也许失去了一个更加丰富的世界。

他的眼眶仍然发红，喃喃地说："对啊……"他起身走下楼，穿越群狗的吠叫，回到自己的房间中去，我也梦游般回到餐厅。

远处的那片紫色转为浑浊的淡黄色，天色仍然晴朗，却有些错乱的风，似乎风也在逃窜。沙暴快要来了，旅馆老板已经将一切可能被吹走的东西拿进屋子或地窖，关掉发电机，狗牵入门，门窗掩牢。有两队旅客还在外面，暂时失联，老板说，他并不担心他们，向导懂得如何应付沙暴，沙漠里的人自然知道哪里可以躲藏，不过，这种级别的风沙他已经有数年没有遇到过，危险还是有的。

"每年都有人因为沙暴而死，"旅馆老板淡淡地说，"正常。"

风中开始夹沙，擦刮着房屋，如砂纸来回打磨，鼻翼里甚至开始有了一丝潮湿，嘴里也有了细沙，屋子里的陈年膻味，因为封闭更加明显，叫人头皮发麻，此时应该喝两瓶沙漠啤酒定定神。因为这场沙暴，浪漫且微醺的沙漠生活忽然震荡，滑向晦暗与危险，到了该回去的时刻了，城市生活在向我招手，还有半个月积压下来的账单，任性之后岌岌可危的工作。

我想起骆驼没有拴紧，担心它们会被沙暴惊到，冒着风沙，冲到骆驼棚。骆驼们坐下来围成一圈，互相埋着头，我把缰绳拴得更紧一些，脸被刮得生疼，又吃了满嘴沙子。回到屋子里，短短十几分钟，天色已经全变，灰黄灰黄的，可见距离不足五米，屋里需要点灯才能看清。我坐在窗边，徒然看着窗外，一个黑色的影子在沙尘中若隐若现，逆着风沙前进，一会儿便不见了影踪。我想，一定是骆驼的缰绳没有拴紧，跑出去一只。老板说，不用担心，骆驼比人更懂得如何应对沙暴。

其他几个旅客都待在房间里没出来，餐厅只有我和旅馆老板二人。我把阿来对我说的那些悉数告诉他，问他怎么看。

"你相信他说的吗？"我问。

他说："早几年，也许是二十年前，附近村子里生活着一个先知，能够预言很多事。你在沙漠里丢了一个金镯子，他会指给你遗失之处。最近几年不怎么听说他的消息，可能老了，可能死了，也可能像那个人说的，世上的预言失效了。"

因为找不到蜡烛，我们只能坐在昏暗之中。风沙拍打窗户，我听着耳边的风沙声，想起多年前和父亲一起等候一场台风。

空气忽然不可思议地干燥，与数小时前的潮湿截然不同，气温骤降，窗外的树冠子被风拉扯，滚动着像要向北而去。电风扇懒懒地吹着，我几乎要睡过去，又清醒地睁着眼睛，想等大雨到来，大雨马上就要到来。

"想象一下，台风的形成。"父亲说。他斜靠在沙发上，眼睛眯着，似乎要睡着了。

"嗯？"我像只小虾，卷在他的胳膊下。

"要从太平洋开始，你是赤道附近的一滴水，蒸发了，升入空中，与其他的水汽紧紧团在一起，躲在一大片积雨云里。从地面看去，你们是一片翻涌的白色云彩。热空气上升，冷空气下沉，快速循环，云带不断扩大。地球旋转，云带逆时针旋转，形成热带气旋，周围空气涌向中心，又遇热上升，能量聚集，中心区域附近的风力升高，气旋中心的气压进一步降低——现在，它不再是一个热带气旋了，而是热带风暴，或者说，台风，超强台风，它像只巨大的蜘蛛趴在海面上，携带着几十亿吨的雨水往大陆飞奔而去，没有什么可以拦住它。它长驱直入，深入到内地，你落下的时候，直线距离已经移动了万千公里。过程太过激烈，可能连雨滴都会忘记，自己来自赤道最宁静的海域。"

雨已经落下,天已经全黑,雨声密集,几个小时倏忽即逝,我们没有开灯,也不知道到了几点钟,没有人来打搅我们,我只顾着听窗外的风雨,想象自己就是那颗水滴,在极短的时间内被风力裹挟,跨越千重万重,从不固定,又从未变化,世间一切与之相比,都如此渺小。等我回过神来,父亲的话正像果实落下——

"是不是奇迹?"

沙暴结束之后,通信一天之后才恢复,听说沙暴放倒了附近一座信号塔,抢修了一整天才好。我们度过一整日无水无电的生活,许多设备被吹坏了,或者灌满了沙子,阳台上仙人掌连盆一起消失。我帮着清扫院子,把屋子里的东西搬出来,有些坏到不能用的,直接丢出去。忙完之后,又走到骆驼棚里,查看骆驼的状态,它们早已恢复了镇定,嚼着玉米粒。我数了数它们的数量,并没有少,我只怕数错了,又数了一遍,还是没少。但我确曾见一个黑影走入狂沙之中,如果不是骆驼,那会是什么呢?旅馆老板说,也许是看花了眼,天色黑,看错了很正常。

到了晚上,我在餐厅吃饭,旅馆老板说,阿来还没有过来退房，去他房间看过，行李不见了，桌上放着几张现金，人不知哪里去了。他趁着沙暴离去了，车还停在院子里。我仍有些不可思议，沙暴中人寸步难行，阿来如何能够像骆驼一般，一步一步地朝西挪去。我走出门，朝着西方看去，想从中看见一个小小的人影，离开的，或返回的。但只有无数无数的沙丘，延绵而去，其中并无阿来。

妻子打电话过来，说女儿在岛上退烧了，她们已经返回大岛，隔日就回程。

"也许真的遇到了鬼魂，"她说，"总是听他们说东南亚有些脏东西，碰到了会生病。之前不信，这次有点信了。我们在村子里散步时，女儿曾经从地上捡起过一根骨头，不太像动物的，倒像是人的胫骨，我让她赶紧丢掉。"

"应该是食物中毒吧。"我说。

妻子说："回上海再到医院检查一遍。你回去没有？"

"准备回了。"

"这话你上次就这么说。"

"沙暴……"

"早点回吧，"她说，"你不能在那里待一辈子，我不喊你回来，你是不是就不回来了？"

"哪能，瞧你说的，我马上收拾行李。"

那些去往沙漠更深处的游客接连返回，大家谈论着这场巨大的沙暴，都说这会是他们毕生难忘的经历。我问他们是否看见一个长手长脚的男人，他独自一人往西去。大家都说不曾见过。我又在旅馆待了三天，想等阿来回来，始终没有等到，只好回到城市。工作一旦回到正轨，人便像陀螺一样转起来，渐渐无法顾及沙漠旅馆里的诸事。半年之后，我终于想起给旅馆打电话，问老板阿来回来没有。旅馆老板说，啊，那个人啊，他始终没回来，车在院子里停了太久，已经快报废了，正不知道怎么处理。

琥　珀

警察先生，我对卢喆的行踪一无所知。我和他分开之后再没联系，算起来也有一年。

不不，我们并非情侣，甚至没有过身体接触，只是纯粹的同事关系。他是个怎样的人，我可以告诉你，这里也许有一两条值得继续探寻的线索，也许什么都没有，你想听就听，不想听就打断，语言会像河上流舟，载到哪里算哪里。

前年——那一整年，我一直坐在他那辆灰色尼桑的副驾，跟着他在城市游荡，从浦东到浦西，再从浦西到浦东，一次次跨越黄浦江，很深的夜里，仍然在张江大道上奔驰。什么鬼天气都在外面，大雨、大雾、大雪，开着车冲来冲去。车厢里堆满猫狗的尸体，它们的屎尿到处流淌，一直流到我的脚边，弄脏鞋底，散发馊臭，在最冷和最热的季节，都必须打开车窗，不然腐烂的味道会直接将人熏晕，但久也习惯，那味道并非不可忍受，如果仔细去闻，这个味道里面还混杂着发酵的甜腻、皮毛的膻。

卢喆的小公司名为"挚爱宠"，成员只有我们两个人，我是他的助手，也是唯一的员工，我们专门上门给宠物做安乐死，又苦又不体面，这事儿少有人做，就落在我们手里。我最初认识卢喆时，他还在医院皮肤科做实习医生，记不得怎么加上的微信，那时我连他的全名都记不得，只知道他姓卢，我们平常绝少联系，只会在节日期间互发祝福信息。后来我辞职，在朋友圈发求职信息，希望朋友们推荐一个短期工作，我暂时不想好好上班，卢喆来问，要不要跟他晃一段时间，他已转做了兽医，业务扩大，正需要一个助手。主要做些什么，我问他。他说，专门做宠物安乐死，间杂绝育手术，至于我，工作内容很简单，就是陪他说话，做些杂活儿——铺一下毯子、递一下针筒、收尸之类，薪水足够。我决定去试试，反正很快就会退出。

我们约了南浦大桥下见面，当时他正站在巨大的桥墩下，背对我，向着绿化带的鲜花撒尿，用尿柱一朵朵把花浇灭，我站在他身后，等他提好裤子，拉上拉链，朝我走来。他的头发很长了，随意绑了个辫，胡子很久没刮，清清瘦瘦，一身白褂，褂子上尽是黑色与黄色的污渍，他离我还有五六米远，异味已钻入鼻孔，我往后退了一步。几年前，我初见他时，他穿着整洁，剃着板寸，声音洪亮，步履如飞。也并非判若两人，靠近他时，我仍能被他奕奕的神采所感染。

"走，上车，下午还有三个活儿。"他扔给我一条簇新白大褂，褂上印着"挚爱宠"三个字，他为我打开车门，副驾的座位上有个鞋盒，打开盒子，里面躺着一只长毛兔，刚死不久，毛塌下去，像跌落的一团云，尿液从它的身下流出来，浸湿了纸盒。我换好褂子，上了车，一路抱着鞋盒，被车厢里的味道熏得七荤八素。他打开手机里的地图软件，给我看三个标注的地址，规划连接三点的最短路线，市区各个时段的拥堵他也熟记于心，我们得先去静安区的一幢旧楼，再去徐汇，再去闵行。下高架，路过花店时，卢喆让我下车买几枝白菊，最大朵的那种。

旧楼是法租界内的一所老宅，紧邻某民国作家的故居，我从旁多次路过，但从来没有进去过，下午一点半，停好车，走到那所小房子前，摁响门铃，正值浅冬，法桐树的叶子掉了一地，几乎将地面全部覆盖。几分钟后，一位老太太来开门，一身黑衣，眉眼鲜明，面色肃穆。卢喆递去一枝菊花，老太接过，一句话也没有，我们一起上楼，她将菊花随手插进一个水晶花瓶，二楼敞阔，地板刚打过蜡，光亮如鉴，当中铺了一块浴巾，年迈的金毛狗躺在上面，口鼻呼哧呼哧地大喘气，抬眼看了我们一眼，又垂下头，虽然瘫痪已久，仍然周身整洁，被人照料得很好。窗户大开，冬日的冷风吹进来，拂动它浅金色的毛发，阳光柔弱，天气不错。我们围着跪在老狗的身边，卢喆轻轻抱住老狗的头，喃喃低语，不知说些什么，直至老狗的眼神不再张皇，让我想起萨满念咒安慰受惊的母牛，有股神秘的力量通过话语流转，我在一旁，始终觉得画面不够真实，有个地方在漏气，我没找到那个漏气的孔，吱吱声却不绝于耳。开始吧，卢喆说。他从铝皮箱子里拿出针管和针筒，配好药剂，手指推了一下针筒，滋出小股喷泉，动作利落熟练，甚至生出美感。他叫我拉住狗腿，他将红色药水缓慢注入。三四分钟的时间里，老狗口中发出呜呜的声音，缓慢安静下来，闭上眼睛，深麻之后，他又打了一针，这才是死药，老狗从尾巴尖到头吐出一口长长的气，随之失去呼吸，在那个静默时刻，屋内的光线暗淡，所有人的呼吸好像都被抽走，我听见狗爪在地板上轻轻摩擦的声音，像是在走动，可又分辨不出声音来自哪个方向，浮在半空，又在耳边，声音越来越小，直至升入天花板，彻底消隐。

"受苦了。"老太太说，红了眼圈，亲吻狗的额头，用浴巾把狗整个儿裹起来，放入事先准备好的牛皮纸箱。卢喆示意我去抱起纸箱，我以为一定很重，使了大力，结果箱子飘轻，死去的大狗只如一片树叶，它的全身重量也随那口气吐了出来。那个老太太问怎么结账，卢喆说，您就用支付宝好了，安乐四百块，火化六百，骨灰给您快递回来，包邮，总共一千，给您打个折，九百。收好钱，我们往下走，我把纸箱子往后备厢里放，里面已经有了两个箱子，打开来看，一只暹罗猫一只柯基犬，粪便污浊了它们的毛发，我忍不住抚摸那只暹罗猫，手指刚要碰到它僵硬的身体，又抽回手去。

我们继续奔赴下一个地址，卢喆一手扶着方向盘，一手撑头，靠在车窗上，问我对这工作什么感觉。我说，第一次发现死是这么容易的事情。卢喆干笑一声，说，是的。我又说，我听见了那条狗死去的声音。他说，是吗，什么样。我说，微弱的回声，就像水面的波纹，慢慢荡开，水面复归平静。他说，哦。我想他一定早已习惯。

同样的操作步骤又进行了两次，晚上八点多我们才忙完，在便利店买了两份热饭，车厢里的味道我还没有习惯，只好下车，蹲在寒风里吃完。卢喆坐在车里，丝毫不受影响，我怀疑他只是把饭扒入口腔，根本就没有咀嚼，连味道也不尝就匆忙咽下。他说，盛夏里不一会儿就有了尸臭，那味道才叫惊人，保管你永生难忘。我说，我信。夜晚我们抵达松江的一幢独栋别墅，毛坯房，卢喆租下来，但从来不住，客厅中央只有一个小号焚烧炉,烟囱高高伸出去。我坐在唯一的沙发上,看着他小心翼翼地把动物死尸——兔子、猫、狗,码入炉子,摁下音箱,播放《大悲咒》,打开燃气开关。火迫不及待喷射出来,先燃着皮毛,再燃着骨肉,隔着玻璃柜窗,炉子里一片金黄火光,噼啪声轻微响起,像是有个人在里面一直剥核桃,屋子里有股烧焦的肉香和毛茸茸的暖意。如果不是眼看着焚炉,会以为有人在深夜烤肉。很香。

我说:"难道他们从来不怀疑自己拿到的骨灰是混过的?"

卢喆趴在窗边填写快递单,说:"只有一个人打过电话投诉,因为他安乐死的是一只凤冠鹦鹉,但我给他的骨灰量太大,惹他怀疑了。"

我问:"那你怎么办?"

他说:"我说不小心寄错了,他说我是个骗子,一定要我退钱,我把钱给他退了回去。"

我耸耸肩,说:"真是亏了。"

他很无所谓,说:"偶尔会碰到这样的人。我还火化过一头猪,这个炉子太浅,我只能把它带去屠宰场,请人劈成两扇,内脏另装。每次都有些多余的骨灰,就撒在院子里做肥。"院子里几棵白色茶花,应该是前任房客种下的,可能因为骨灰做肥,开得极为茂盛。

他填完快递单，站到我的身后，两个人一起看着火炉，烈焰熊熊，卷毁一切，过一会儿，里面只剩灰烬、几块没有烧尽的碎骨。我从来没有对火的毁灭性有这么强烈的实感，火光逐渐微弱，扑了几下，炉膛里寂灭，如死之死。我对卢喆说，今天对我而言是特别的一日，会让人想点生死的事情。我曾被长辈带着去看杀猪，杀猪翁不顾惨叫，熟练地切开猪的喉咙，破开猪的肚皮，用半月形的刀子切下猪心，啪地扔到我的面前，我被他眼神的生冷吓哭，而那混杂血腥的烘臭味道也像一把锐刀，直劈向我，我捂着眼睛，哭着要回去，同行的长辈精神却被攫住，看得如痴如醉，一动不动，也不顾我的哭声，随之而来的噩梦一直做到二十多岁。

　　像我这样的年轻人，警察先生，侥幸有个温暖富裕的家庭，在长久的和平里娇生惯养，甚至有一丝丝萎靡，物质丰裕，无灾无祸，小情小爱就够我们心烦，除此之外，也没有什么真实的痛苦，好像一直被一张无形的棉被裹着，摔跤了也跌不痛，也因此免于生活的粗砺，保持了一颗柔软的心，等待开掘。也许祖辈已经开始凋零，但父母辈还在，我们尚想不到死的事情，所以关于死的一切都叫我觉得新鲜，却又害怕。

　　我对卢喆说，我们两个像猫猫狗狗的死神。我在 iPad 上画出一把黑色镰刀,把图片发给他。

卢喆说:"不能老想这些事,我头痒得很,先去洗个头。"他洗完头,吹干,绑好头发,已是半夜两点,我困翻了,他开车送我回家,大半夜的广播主持人始终接不到热线电话,只好放送过时金曲,我闭着眼睛。

他说:"你睡着了吗?"我摇头。

"上次我帮一个流浪狗中心做安乐死,一天之内,送走了二百多只狗,只重复一个动作,拉住狗腿,注射药剂,事情就是这么简单,我也没时间想更多,只想快点把工作做完。我打完了针,推针的拇指甚至有些酸痛,走出屋子一看,吓了一跳。工作人员把那些狗一条条排在院子里,排了一整个院子,大大小小,各种颜色,花的、白的、黑的、卷毛的、短毛的、满身疥疮的,全都软绵绵地躺在那里,侧翻着身体,天气特别炎热,空气又咸又潮,一点风也没有。你知道我想起了什么?集中营的毒气室,我就是那个负责打开阀门的人,狗尸排成列阵,我在里面慢慢穿行,打针的时候太仓促,我没注意它们的模样,也忽略了它们的恐惧,别以为猫狗不会怨恨,有几只死前露着獠牙。我问这些尸体怎么处理,工作人员说,找挖土机挖个大坑,一起埋了。几个小时前还活蹦乱跳的动物,在我手下全部失去了生息。我当时想——"他停顿了一下,继续说,"这可真是我职业生涯的巅峰。"

我礼貌地沉默了一阵。

"为什么转行做兽医,原来的工作明明很好?"

"缺钱。"他说,但我从没见过他花钱,他只是随便编了个借口搪塞。

城市在夜色中变成模糊不清的一团,车子像行驶在棉花上,道路不停起伏,我长长地吐出一口白气,随之消失于寒风。快到家了,他停下车,我转过头去看他,昏黄路灯斜照进来,落在他的面孔上,柔缓的腮骨、和顺的眉眼、纤薄的嘴唇,穿着白袍,笼罩在雾气中,平平无奇又年轻的死神,没有表情,也没有情绪。我想起那几棵山茶,叶子生得硕大,白色的花朵在夜色中发光,浸没于死亡的事物总有晶莹冷峻的美感。我下车,告诉他这份工作我接下了,明天还会再来,我们约在襄阳公园的门口见面,明天有三个"活儿"。

大部分为宠物寻求安乐死的主人都有不错的家境。病痛缠身的猫狗,气息奄奄,因为没有力气,打入死药的时候,不会挣扎,四腿一蹬就走了。有人立刻反悔,问我们可有什么解药能够挽回,他们愿意付双倍三倍五倍的价钱。卢喆面无表情地回答:这个不是加减法,死了就是死了。话说得难听,道理没有错,在实施手术之前,赠出一朵白菊,对方接下，就是一次无法更改的宣判，双方都要接受。宠物的性命其实并不握在它们手中，有些情况并不严重，或患有难以根治的皮肤病，或是跛足，或是盲，或只是性情不再温顺，主人要它们死，我们也得硬上，带领它们穿越求生的惶恐，去向不毛之地。安乐本不该死的动物，卢喆称之为"脏活儿"。脏活儿并非终结宠物的痛苦，而是终结主人的痛苦和负担——"安乐死"这三个字太动听了，大部分时候，连这三个字我们都不说全，只说"安乐"，把"死"遮掩到背后。主人们对我俩的态度矛盾，冷淡、不屑，又盼望我们，似乎动杀心的不是他们而是我们。

一开始我的工作很简单，有人预约手术，把注意事项告诉他们，尤其是不要让宠物进食与喝水，因为它们死后憋不住屎尿；手术过程中，我安抚宠物的主人，听他们讲述死者短暂又幸福的一生，起先我还能饶有兴致地听他们讲述，甚至在动情处掉几滴眼泪，后来发现故事千篇一律，松懈下来，低下头走神，只在讲述者情绪激动时抬起头来，满含同情地看他们一眼，再低下头；收尸也是我的工作，把动物尸体塞进后备厢，站在车边看卢喆收钱。两三个月之后，这些单调的工作做到腻烦，我对卢喆说，让我干点别的，卢喆说，那你试试注射。我问他，那是什么感觉，他说，你试试就知道了。他自八风不动，我总觉得那平静里包藏祸心。我第一次的安乐对象是一只年迈京巴，聋了多年，患上肾炎，狗不会喊痛，但会整日哼唧，主人说太可怜了，也活不了多久，干脆安乐了。卢喆抱着它，拉住它的腿，我负责扎针，它的周身肌肉与血液都在抗拒，那扇门不肯对我打开，它的眼泪顺着鼻子淌下来，一直淌到我的手心。我小声对卢喆说，针进不去。卢喆说，用力，不要怕，它又不会喊疼。我用足力气，突然觉得它绷得紧紧的肌肉豁开，啾，那么一下，针头进去。它死相凄凉，牙齿龇着，红色的长舌头伸出来，挂在外面。主人不敢看，躲在卧室里，等一切结束再进来，看了看狗的模样，捂着脸说，安乐死，也没那么安乐嘛。结束之后，坐回车里，我烦闷不已，双手举高，左右翻着，对卢喆大叫，你看看，你看看，我手也脏了。卢喆说，你自己说要试试，给你试了你又不高兴。那时我并没有觉得愧悔，相反，是痛快，我让一个生灵得到了解脱，让它自由，不必在疾痛中了却残生，我甚至想，它是该死的，早在那里等我，满心期盼我来解救，正是这份痛快让我不安。回去之后，卢喆扔给我一个布偶娃娃，让我往它的肚子注射药水做练习，很快布偶的腹腔吸饱了水，变得沉重黏湿，我把它放在桌子上，泅出的水立刻打湿桌子。

"你把它们当成布偶,下手立刻容易很多。"卢喆说。

"别用'下手'这个词,听起来不怀好意。"我说。

"那管透明液体到底是什么?"我不知道它的名字,但时常被它吸引,明明是透明的,仔细看,却像有轻絮漂浮。

"琥珀胆碱,和注射死刑用的东西差不多,直接导致呼吸麻痹。剂量够就能杀人。"

"琥、珀、胆、碱。"这四字组合有畸美。

"是啊,"他干干地笑一下,嘴巴咧起来,喉咙里发出一串咳嗽似的声音,他时常这么笑,"到后来你就会忘记自己在做什么,这不过是一份工作,本质上我们做的是收垃圾的活儿,连分类都不做。你今天手脏了,过段时间你会发现不仅手脏了,心硬了,人渐渐不知怎么就不爱收拾了,散发臭气,你等着吧。"他的口气没有起伏,听了却叫人生恨。

我问他:"你杀过人吗?拿着这些东西,很容易杀人吧。"

"没有,"他说,"没有。"他又小声说一遍,眼神躲开。

我那日再没和他说话,怨念他,也憎恶自己,随波逐流,竟然沦落到杀生为生,做了屠夫,日日流窜于市,我们两个不声不响地把接下来的活儿做了,然后他把我送回住处,驱车离去。我躺在床上,总是想,明天就不做了,离开卢喆,去找份体面的工作,和以前一样,在有着落地玻璃窗的办公室里，中央空调冬暖夏凉，养一盆绿萝，悉心照料，只和同事来往，每天开会、发邮件、打电话、写总结，周末去吃火锅。曾经那么厌倦的生活，忽然变得生机勃勃，虽然枯燥，至少不必每天奔波，一遍又一遍地向人递送死亡的讯息。但每天早晨我醒来，依然按例去襄阳公园等卢喆，九点钟，他的灰色尼桑一定会拐个弯儿，正好停在我的面前，我脚步轻快地上前，拉开车门，坐好，拿出记事本，把要去的地址在手机地图上一一标注，计算好最佳路线，奔赴一个又一个的"活儿"，夜间，一起回到松江的火葬小屋，焚化尸体，时常忙到半夜，《大悲咒》的诵声如同漂浮的尘，在空气中画着无尽的圈。我仍然能够听见漏气的声音，悠长嘶哑的吱吱声，无处不在。幻听，我知道，可还是怀疑自己身处一个正在漏气的巨大气球里，等到气放得差不多了，我也会被封死其中，就像被松脂裹住的昆虫。

你一定乐在其中。卢喆冷冰冰地指出。

我说，我没有一刻不想挣开，但是事情赶着事情，脱不开手，明天我就走。这话我说到腻烦，说到后来自己也发笑。我在他的身边待了整整一年，比预期长得多，从冬天又回到冬天。虽然我没有兽医执照，也学会了计算剂量——每千克体重1.5毫升巴比妥钠或1毫升40%硫酸镁溶液做麻醉，熟练地将药水打进它们的腿部或者腹腔。我最喜欢的方式是腹腔注射，手摁在动物柔软的肚皮，那里排布着整齐的乳头，袒露粉色的皮肤，在柔软里找到最柔软处，针头刺破肚皮，仿佛不是在索命，而是在治愈，死亡被包上一层糖衣，打针的动作简洁利落，让人忽略最后的结果，我平静地看它们回光返照，继而沉入永夜。

我总是忘记安慰死者，卢喆告诉我，尽管和它们语言不通，送别的话语不能忘，随便说点什么都好，但不能不说，濒死那一刻，它们什么都听得懂。卢喆在这一点上比我认真，且耐心，他抱着那些濒死的动物低语，语意真诚而干燥，是真正的送行，与之相比，我做得仓促敷衍。但这就是矛盾的地方，假如卢喆果真珍爱生命，怎么会接下那些"脏活儿"，一般的兽医可不屑于做这些事情。

这个活儿干多了，恍惚真以为自己有权力决定生死，以至于在路上看到病弱的流浪猫狗，甚至步履蹒跚的老人，那念头也会钻进脑子里：差不多了，苟活无益，让我送你们上路。这个念头有过一，就会有二，直至蜂拥而来，需要花费很大的力气才能克制。我不知道卢喆是否有过这个念头，但他几乎没有表露过，他话也不多，好像没有什么知觉。尽管我们总在一块儿，坐在一辆车里，可他和我并不在一个世界，他在一个更远更荒凉的所在。

我处死过此生见过的最漂亮的动物——一条名为 Luka 的德国牧羊犬，豢养在优渥家庭的宠物，血统纯正，褐色眼睛如同沉潭，走起路来威武生风，体型完美，皮肤和肌肉都像经过精准计算，它曾是赛犬界的传奇，主人特地为它定做一面玻璃柜来陈列奖杯和奖牌，放置在客厅最显眼的位置。Luka 虽已八岁，还很健壮，无灾无病，只因主人迁居国外，不便携带，也不能容忍它成为别人的宠物，就找到我们。火化完的骨灰，将被压成一颗钻石，镶做戒面，戴在主人的无名指上。Luka 正在玩球，它叼着球，头一甩，将球甩出去，又奔过去叼回来，如此反复，享受作为狗的纯粹快乐。Luka 的主人是个微微发福的中年男人，皮肤如猪油脂一般白滑，他动情地说，你们瞧瞧，它多美啊。我们三人站在台阶上，看着 Luka 玩球，足二十分钟，它一刻不停，精力旺盛，对自己即将变成钻石毫不知情。这算是脏活儿，卢喆说，你来还是我来，我于心不忍，让他动手，但见 Luka 蹲在庭院，昂首挺胸，好奇而机敏地看着我们做准备，我心似乎被牵动，跑去对卢喆说，我来。我蹲下去，抚摸 Luka 的额头、耳朵、下巴、脖子，感受它毛发的柔软，与它低语，告诉它，不用害怕，根本不痛，没什么大不了。没什么大不了，我一直低声重复这句话。Luka 微微别着头，眨眼睛，或听懂了，或没听懂。我轻拍它头，又说了几句对不起。打完麻醉针后，它站起来，摇摇晃晃，爬上楼梯，趴到主人脚边，下巴贴紧地面，闭起眼睛，睡着了，我走过去，把毒药打进它的身体，毒素立刻会发挥作用，流遍全身，让它在沉重的眠中窒息。卢喆曾对我说过，麻醉只是让它们无法行动，也许它们全程清醒，就像把它们锁进小棺材，又迅速地抽掉棺材里的空气。

车后载着 Luka 的尸体，我的感觉像是打碎了昂贵水晶杯，杯子落在地面，一声脆响，尖锐刺耳，却让人想一听再听。

"奥斯维辛集中营的毒气室，装修得像是澡堂，装有挂衣钩、淋浴喷头，进去的人还能领到毛巾和肥皂，脱得干净，准备洗澡，淋浴喷头里喷出的却是毒气。"我也干干地笑起来，说，"我现在也是打开毒气阀门的人。"

卢喆问："怎么说起这个？"

我说："想起来就说了。你为什么放弃做医生？"

卢喆说："兽医也是医生。"

我说："你从来不治病。"

"死和生一样有意义，"卢喆说，"我们总是有意忽略这一点。"

"那不一样。"我反驳，又懒得继续找话说。

卢喆说得没错，我早就乐在其中，手很稳，心中也无丝毫游移。说起来不过是给动物送终，日久天长，心里还是反反复复在刀上滚，直至长出厚茧，不忍与愧悔都被遮蔽在这层厚茧之下。还没到夏天，我已晒得煤黑，贪图轻省，剃了寸头，又因为饮食不规律，飞速发胖，白大褂变得像卢喆那件一样黄，沾满无法洗净的污渍，我需要花点力气才能回想起一年前的自己是什么样子，卢喆却没有什么变化，和南浦大桥路边撒野尿时一样，散发着难以名状的气味，那味道我身上也有，它仍然不断刺激着我的鼻腔。我渐渐也尝不到味道，菜和肉只有口感的区别，吃饭只是果腹，囫囵地吞下去。

时间也模糊了，仿佛没有白天黑夜，也没有季节，城市在我眼中消隐一半，只剩街道，以及缀在道路上作为终点也作为起点的"活儿"，我们一遍遍敲开陌生人的门，就像敲开一个个黑洞。到了夏天，车厢被烈日一烤，后备厢里的尸体迅速腐烂，那个味道的确叫人终生难忘，蛆虫孵化，每个星期能清理出一小把蝇蛹，车里面总是有一两只苍蝇，驱不走，打不死。我很久都没有休假，偶尔也会碰到没有活儿的日子，一个人出门逛，走到人群里去，地铁站、商场、公园，这些地方，发现自己看不清人的面孔，高矮胖瘦美丑。一个姑娘走过来，无法分辨她是否美丽，衣着是否时髦，并非说我得了脸盲症，而是突然失去了坐标，只剩下一些简易粗糙的标准：年轻的、老去的；健康的、生病的，活着的、死去的。有一次独自在街头行走，也许是走在嘉善老市的巷子里，有几个孩子在挂彩灯，筹备着什么节日，我站住看了一会儿，忽然觉得极度无聊，无所适从，只得折回家去，坐在沙发里，我认定自己患上了某种难以痊愈的精神痼疾，我想卢喆肯定也有这样的问题，这也是为什么我们无法发生爱情。现在，距离我离开卢喆已经过去一年的时间，我能看见您烫得笔挺的警服、额头上轻微的皱纹、厚而阔的嘴唇，我好多了，但不太可能痊愈。

秋天，我们在宝山见证了一场车祸，就发生在眼前，一辆飞驰的货车撞到横穿马路的电动车，骑电动车的人飞出去十几米，在空中画出一个完美的抛物线，重重跌落在道路中央，另一辆货车来不及刹车，直接碾过那人的颅骨和胸腔，发出扑哧的声音，像碾破一个瘪掉的气球。我们把车停下来，隔着车窗看着地上，人已稀烂到难以辨认，只剩被压扁的轮廓。我舔了舔嘴唇，似乎有脑浆迸落在上面，却没有尝到味道，心中毫无波澜，连咂舌都没有兴致。我们走吧。我说。他发动了汽车。过了大概五分钟，我又让他停车，两边是茂盛的蓖麻，比人还高，下车走了几步，唾液咸咸地分泌出来，盈满口腔，胃里翻搅，口鼻窒息，我扶着路灯的柱子干呕，卢喆跑上来，给我递水，我喝一口，水也是咸的。

"我得走了，"我对卢喆说，"我不能再这么耗下去。"

他沉默一会儿，说："今天还有几个活儿？"

我说："两个。"

他找出订单，一一打电话过去，将手术推迟到明日，空出一个下午，他说，去喝酒。我们驾车去外滩的啤酒屋。两个穿着脏污白大褂、蓬头垢面的人走进去，坐在沿街的位置，引人侧目。然而我们浑不在意，将酸得发苦的柠檬挤进酒瓶，一口气喝到了底，又各自点了一瓶，握着酒瓶看来来往往的人群，有人抽烟，许多人说话，配合音乐，混成含糊不清的一团嗡嗡声，热闹滚沸，我迷醉似的眯起眼睛，被热闹蜇得有点痒。如果是从前，在这样的环境里，我会不自觉地快乐，但那日隔岸观火，只感受到微微热意。傍晚风起，江对面的灯火即将亮起，变幻的浮丽的温暖的，纵欲过度的，眼前的一切像一个裹在肥皂泡里的梦核，而我们从这个肥皂泡里钻了出来，再也回不去。卢喆说，没想到我会在他身边待那么久，眨个眼快一年。我点点头，时间确实过得太快。他犹豫一阵，要不要继续往下说。其实我们之间话并不多，他总是没什么要对我说，我也没什么要对他说，但并非说我们之间没有交流，坐在车里，许多想法都投掷在空气中，即便不发一言，在某种程度上也能理解彼此。

"你问过我有没有杀人，杀人这个词不合适，"他停顿一下，说，"我曾为一个孩子实施过安乐死。那之后我就离开了医院。"

我问他，是不是被医院查到了。

他说，没有。

现在我将这个故事转述给您。

那个孩子转进医院时，吸引了所有人的目光，她患有非常罕见的皮肤增生，左脸的皮肤瘤生得拳头那么大，像个热带的丑陋野兽，胸口和背部都因为增生而畸形，多出的皮肤像一层层泡沫，附着在她身上，遮盖了本来面目。夜里，因为后背上高起瘤块，她只能坐着睡觉。这是一种基因缺陷造成的疾病，无法治疗。她才十四岁，到医院来是为了做一个面部整形的手术，好保住她的左眼，她的右眼已经被吞没，随着年纪增长，皮肤增生的速度越来越快，好像身体里有个开关忘记关掉，一层层翻涌，但她的母亲不想放弃，多年来，她们一直辗转在各个医院，寻求治疗，因为相貌丑陋，这孩子也没法上学，医生和家人都不知道她后面会变成什么样子，但毋庸置疑，情况肯定只会越来越糟。

卢喆中午在医院小花园的长凳上吃午饭，这个小女孩走过来，因为身体畸形，她走得很慢，坐在他的身边。他拿了个橘子给她，她接过来，放在手心里，迟迟没有剥，他想可能是因为她的手指早就粗大变形，因而又伸出手去把橘子拿回来，剥好放回她的手心。那个女孩子吃了橘子，眼睛却不看他，说："我很可怜吧，连个橘子都剥不开。"卢喆没说话，得了这样的病确实可怜，他想安慰她，于是摸了摸那孩子的头，但那密集乳突状的增生皮肤却着实让他不舒服了一会儿。

之后那几天，每次他在小花园吃饭，那孩子都会坐过来，熟络之后，她给他看她以前的画。在手指还能握住笔时，她经常会坐在窗前画画打发时间，画的是医院里最常见的场景，都是简易的素描，空空荡荡的走道、满当当的停车场、值夜的护士、侧躺着露着半截屁股的病人，画里有幽默。卢喆觉得很可惜，这孩子人生的可能性几乎都被夺走，有一条巨蟒正在吞噬她，总有一天会把她全部吃尽。他想让她高兴一些，便问她，有什么愿望。那孩子想了想，说，她想死，想了很久。卢喆有些意外，也不算吃惊，只是笑笑，说，这个愿望他可满足不了。那孩子仅剩的一只眼睛看过来，里面星光黯淡。卢喆动摇了，说，也不是毫无办法。医学院里待了七年，最知道人是脆弱的动物。那孩子嘴角艰难地抽动，卢喆知道她在笑。"要是能吃着糖死掉就好了。"那孩子说。

卢喆和她相处越久，对她就越同情，看着她如何被肉身纠缠和拖累，如陷沼泽，所有人都无能为力。他在办公室里，一个男同事说，那孩子是很难得的病例，遗体一定要拿来做病理解剖。卢喆听了，破口大骂，摔门而去，跑到小花园坐了半天，气都没顺过来。隔天他和那孩子又在小花园相聚，他问她怕不怕死。那孩子说，不怕。卢喆说，他可以帮她，前提是，她必须十分确定自己已经准备好了，而且她的父母也必须同意。他冲昏了头，根本就没去想后果。

过了几天，那孩子的父母过来突然给她办了退院手续，三人一起离开医院。随后卢喆接到一个陌生的电话，是那孩子，她说，就等你了。卢喆一直不知道她是如何说服她父母的。

他带着全套的家伙什儿，路过花店时，被莹莹白菊打动，包了十几朵，抱着去了那孩子家，那个家早就四壁空空，但收拾得相当整洁，她妈妈接过了花，送到那孩子的面前，她把整张面孔都扎进去，深深嗅了一口，说，真香。四个人坐在客厅了，只有那孩子情绪激动，简直有些手舞足蹈，而她的父母都沉默不语，眼圈泛红，仍不知该如何应对。

那孩子问："我们什么时候开始？"

卢喆说："等你准备好。"

那孩子说："我早准备好了，不过我得先吃个糖。"她一定要自己剥，缓慢而笨拙地把糖纸打开，拿出里面的糖果，放入口中，用舌头搅着糖，说，真是好吃。她那奇怪的模样，此时看起来也不怎么奇怪，增生的皮肤似乎泛着粉色。她坐在一张柔软的沙发上，垫了厚厚蓬松的靠枕，手臂伸出来，卢喆找到了静脉，打了麻醉，看着她沉沉睡去，又向她身体里注射了琥珀胆碱，数分钟后，那孩子停止了呼吸，那条无形巨蟒也停止了吞噬，这是一场同归于尽的零和游戏。奇怪的是，那孩子唯一的眼睛在半途睁开了，怎么都无法闭上，卢喆靠近去看，好像听见她在说，我又不想死了，我想活回来。他被吓得一哆嗦。

卢喆说，他那时候一点力气都没有，手垂着，木木地盯着那孩子的身体，不知和她的父母说了些什么，不知自己怎么离开那个房子，又怎么回到自己的住所。那段记忆被抽走了，过了很久，也许有一天还是两天，他回过神来，继而后怕，怕的是那孩子的父母跑去报案，指控他谋杀，不过这事儿终究没有发生，他在惴惴不安中度过了数日，直到那孩子的父母发信息给他，请他来参加葬礼，他也没去。那件事情之后，他始终觉得自己的作为和医生应奉的准则背道而驰。他离开了医院，开始筹备做兽医。

"还有一个感觉，"他说，"我确实被蛊惑了。"

"被什么蛊惑？"我问。

"我得想想，"他笑起来，说，"很难描述啊，就像把一艘破船往江心一推，然后看着它慢慢沉没——那种松快。"

我们又点了两瓶酒，喝完之后，我步行了两个小时才到家，途中无所想，也只有松快的感觉，我得到我想得到的，也失去了我想失去的。

那天之后，我又在卢喆身边待了两个月，从秋到冬，其实已经做得很勉强，时常想要从他身边逃走，正如之前所言，我快要耗尽了。最后一天是个阴湿的雨日，在此之前，雨已经下了十几天，我们奔赴一个活儿。因被雨水侵蚀，雨刷一路都发出病恹恹的嘎吱声。

那是极大而复杂的小区，来时已是昏暗的傍晚，我们迷失其中，楼栋的标牌都生了锈，小区里的绿化树木野蛮生长，只好打电话给预约的客人，接电话的是位老妇，她来门口迎接我们。我们在门口等了十分钟，才看见一个精瘦的老妇人走过来，背折成一道小弓，低着头，走到面前才抬头，问道，是不是你们。卢喆说，是我们。

我们跟着她往小区的深处走，穿过私自在绿化带开垦的花田和菜圃，冬日凋敝的玫瑰花丛，抵达沿河一座老房的一楼。她扭动钥匙，打开门，装修是三四十年前的式样，墙壁上贴着绿地锦蔓的墙纸,已褪成浅色,这房子整个儿都是灰的,像被潮水冲刷过。房间里没有猫狗的味道,我们做这行久了,鼻子一收,就知道家里有没有养宠物,连品种也都能闻出来。她说,能不能快一点。她打开卧室的门,我们向内看去,里面只有一张床,床对面的墙上挂着上百张照片,一个老翁颤抖着坐在床沿,面对着这些照片,茫然地看我们一眼,又低下头去。一开始我以为他在惊惶,再看才发觉他可能并没有意识。

老年痴呆吧,我猜。

墙上的照片全是夫妇二人的合影,按照拍摄的时间排序,跨度得有五十年,从黑白到彩色,从天南到海北。老头年轻时很魁梧,现在只剩皱巴巴一团,老太收拾得清清爽爽,老来依旧。照片的背景一直在变,二人的姿势却几乎没有变过,一直手牵着手,并列站立,看得出感情很好。浏览这些照片时,有被时间浸没的感觉。我觉得不祥,问老太,怎么不见狗呢,预约的时候说是给一条十二岁的患癌贵宾犬做安乐。她说,没有狗。她给我们倒上水,叫我们坐下。卢喆和我都没坐,也不接水,抱着手臂,等着她的下文。

老太说:"你们能把我老伴儿安乐了吗?他现在是个空壳子,活着不如死了。"

我们当然拒绝了。

老太也站了起来,嗓子细细地说:"多少钱我都愿意。去年,他情况还没这么差,我给他反复讲讲,他还记得自己是谁、我是谁,记得自己爱吃什么、爱看什么,但一天天越来越不好,直到现在不死不活,认不得自己,也认不得我,什么都想不起来,吃喝拉撒没一样可以自理,话也讲不出,眼珠子都不会转了,他可怜,我也可怜。"她说完,往房间里看去。我跟随着她的目光,也往里看,老头也看过来,目光里全是灰烬,但里面又好像有些光芒似的。

我们自然还是不同意,马上要出门。

"为什么就碰不到一个愿意的呢?"老太的眼眶红起来。

"这是杀人,犯罪。"卢喆说。

他没再说话,朝我看一眼。老实说,我动了杀心,举手之劳,可以免掉一个老妇人的麻烦,反正那个人无知无觉,已经失去了意识,也没有了人世的牵连,现在跟个木头桩子有什么区别,活着只是徒增亲人的痛苦,我兀自想着,头晕目眩,忽然觉得双脚冰凉,墙纸上的锦蔓爬下来,想要缠住我,我使劲跺了两脚,它们又缩了回去。

"你怎么了?"卢喆问我。

"不舒服,我先走了。"我走出门去,天已经完全黑了,雨不小，路灯稀少，路面昏暗，我走到停车场，在车里坐着。过会儿卢喆回来，坐到我的旁边。我说，太冷了，雨下个没完，半个月没有放晴，我快发霉了。卢喆说，是好久没见着太阳。

"怎么样了？"

"安抚了一下老太太。"

"你没有把老头给……"

"没有。"他矢口否认。

"累。"我说。

"那你睡一会儿。"

我迷迷糊糊睡过去，过了没多久，老太又来敲车窗，站在外面不肯离去，卢喆转过头来对我说，算了吧，就当可怜她吧，我们接下这个活儿吧。我已察觉出这是个梦，因为时间又倒回白日，天上挂着太阳，下着不属于冬日的暴雨。我们走入雨中，雨却落不到我们身上，回到那个屋子，那些锦蔓不知何时爬满地面，织成一条轻软的绿毯，走在上面，竟然吱吱作响。老头仍旧无知无觉地坐在床沿，眼神木讷，老太太过去，扶他躺下，卢喆计算好药量，让老太撸起老头的袖子，老头长期营养不良，手臂纤细，苍白如纸，血管萎缩，我们花费了一些时间才找到静脉。老头的呼吸很快慢下来，细若游丝，直至消失。老太不知哪里去了，房间里只有我和卢喆，对着一具尸体。尸体的表面沁出水珠，变为绿色，长满天鹅绒般柔软的青霉，身体迅速胀大成冰凉的一团，我们来不及逃走，被挤到墙壁上，几乎无法呼吸，过了没一会儿，那副身体轰然爆炸，散做一片紫色的孢子。我在梦中对卢喆绝望地喊：完蛋了，我们吸入过量的孢子。卢喆说：这孢子就是我们带来的。

空气潮湿，绞着经年无解的气味，把我呛醒，醒来发现卢喆也闭上了眼，他睡得很深。雨下大了，雨点子敲在车身上，是轻灵密集的鼓点。我将白大褂脱下来，像轻轻蜕掉一层皮，把这件已经无法漂洗干净的白衣放在座椅上，打开车门，又轻轻合上，冒雨离去，还没有走到地铁口，领口已经湿透，回到家，头发还湿着，倒在床上囫囵睡着，竟连个梦也没有。第二天早晨，七点半醒来，走到窗边看了一个小时的雨，絮雨纷纷不止，顶上一片浅灰色乌云，不冷，只是阴湿，微微寒意，弥漫天地，逃无可逃，九点钟卢喆打个电话来，问我要不要继续。我说，不了，谢谢。他说了几句祝福的话，隔了几秒，又说，再会。挂掉电话，我盯着手机屏幕发了会儿呆，去楼下吃了顿热饭，此后我再也没有见过他，也没有和他联系过。

关于卢喆,我知道的事情只有这么多,他究竟去了哪里,我并不知晓,我以为他会一直过着那样的生活。谢谢你听我说了这么多,请喝茶,我以为警察都没有什么耐心。

洄 流

静羊被发现时，已在学校天台暴晒两天，脸朝下，尸体发臭，招来蝇虫，人不成人。取证做完，警察暂用一块白布盖住了她，现场有个一米长的木棍，上面有两个人的指纹，没费多少周折，找到两名嫌疑人，是她的学生，张果木和刘宇。抓捕时，正是周末，夏日炎热，张果木和刘宇正在宿舍，赤膊躺在床上，对着手机，联机打游戏，警察来时，张果木先看见，放下手机对刘宇喊一句"欸，他们来了"，刘宇愣神一下，轻声辩解，没杀人，人不是我杀的。到了警察局，两个人一一招了，是他们杀了静羊，算不小心，原本只是想教训一下她，没有想到木棍上面有个钉子，钉子直接砸进了她的头骨。静羊没有立刻死去，一直躺在地上抽搐，瞪大了眼，嘴里发出含混的呜呜之声，张果木费了大力气才把钉子拔出来，静羊整个身体都颤抖了一下，血濡湿她的头发。他们本该报警，打急救电话，但又怕坐实杀人，只是匆忙离开天台，反锁了门。之后，刘宇提议，两个人立刻逃走，但张果木说，逃走便是坐实，不逃走，警察未必查得出来，应像平常一样，该吃吃该睡睡，不使人看出异常。在静羊尸体被发现前的这两天，他们一直待在学校，白天正常去上课，下课即回宿舍，听人说到数学老师静羊失踪，他们心跳加速，不敢多言，尤其是刘宇，那两天闷坐在座位上，一动不动，怕不小心露馅。因为害怕，晚上无法睡觉，两人整夜玩手机游戏，熬过了第一天，静羊仍然不见影踪，暂时无人怀疑到他们的身上，张果木甚至想，也许事情就这么过去了，天底下少个人，再正常不过的事，只要没有人去天台，再等一段时间，静羊会在那里融化，汁液渗入缝隙，到时候就没人找得到她。第二天傍晚，有学生在走道闻到轰天的臭味，保安打开天台的门，找到死去多时的静羊，一时全校轰动，围到那幢教学楼前，警察随即赶到，警笛声奔袭不绝，张果木和刘宇如常回到宿舍，又打了一整晚的游戏。不知为何，那两天他们手感奇差无比，总被不知何处来的暗枪爆头。刘宇放下手机，睡得昏天黑地，发出轻微鼾声，张果木依然无眠，一直竖着耳朵听屋外的声音，有那么几次，他想弃刘宇而去，逃到没人认识自己的地方去，但又不知哪里可以逃去，只能守在这里，熬到半夜睡去，又醒在黑暗中，仍然没有主意，只是一味等待。听觉在寂静中放大，陌生人的脚步响起时，全身汗毛会在瞬间竖起，跫音远去才会平息。

在局子里，张果木说，是刘宇的主意，因为静羊在全班人的面前痛骂了刘宇，骂他有人生没人养，骂他废物、智障、满脑子屎，刘宇摔门而去，所有人一言不发，尽看着他们对峙，静羊重新站回讲台，把那道大题解完，算出夹在曲线之间的一小块面积。之后，刘宇私下对张果木说，因在全班人面前失了面子，必须要给这女人点颜色瞧瞧。他们写了一封没有署名的情书，放在静羊的办公室的抽屉之中，约她傍晚天台见面，为做得真，又借个手机将约会信息再发一遍。张果木说，直接约她，她不会来，用这个法子，丑女人一定会上钩，骗骗她也好。刘宇说这主意好，笑得不行。张果木问，到时候你准备怎么办，打她一顿吗。刘宇说，不知道，打女人下不去手，不打又不解气，扇两巴掌吧。张果木又说，要是她告到学校怎么办。刘宇说，那我可不管，要杀要剐随便。

天台长锁，钥匙在保安手中，刘宇不知怎么配到一把，一下课两个人就上去蹲着，等待静羊前来。暴晒整日的天台有股塑胶味道，阳光既浓烈又黯淡，在每件事物之上留下深刻的影子。二人抽完了半包烟，满口烟焦，舌头微麻，靠在栏杆上，看着同学像白鱼成队离去，喧哗声远去，学校立刻被空寂填满。张果木耳朵尖，他听到有鞋跟踢踢踏踏的声音，静羊出现在门前,她仍戴着厚重的眼镜,脸色是和年龄不相称的蜡黄。静羊愣了一下,准备掉头而去,但是她只回头走了三步,又折回来,站在刘果木和刘宇的面前。

天凉快点儿了,起了风,那股热燥被吹到天上去,天台的门合住了。

就为我说你那几句,来找我寻仇吗?写的那是什么玩意儿,我就知道是你们,学点儿好的。这么天天混日子,对得起你们爸妈吗,对得起学校吗,对得起老师吗,对得起自己吗?别以为没人管得了你们,不好好学习,以后你们家那几毛钱够啃吗?静羊噼里啪啦地说,声音不大,语速却很快,霰弹一样射到人脸上。

刘宇准备了狠话,暗中练习多次,本想见到静羊大骂,见到本人却连还嘴余地都没有,在嘴边的恶毒跑得一个字也没了,因为静羊个头小,他略一低头甚至看到她的头顶,左突右冲的白发、夹杂的头皮屑,因为不美丽,无法招来怜惜。不在教室里,失去四壁的围护,她的声音失去气势,显得细弱,中气不足。刘宇什么也没能说,张果木也什么没说,他们微微低下了头,心中不悦,被一种四面涌来的威严压迫胸口。各人都愤恨:静羊这么小而丑的人,只要持了这份威严,就能尖着嗓子训斥他们,蹬鼻子上脸,甚至搬出他们的父母来，三言两语让他们害臊脸红。但是，你他妈算老几。

静羊训完了，说，赶紧去吃饭，晚上来上自习。她看了落日，张果木和刘宇也看落日，太阳落下去了，没有晚霞，只有余晖，他们一起失神。静羊叹气，准备离去。本来怔立的张果木，从地上捡起一根木棍，大步上前，朝静羊的头上砸去，现场除了那声钝响，没有其他声音，或说其他声音都被它盖住，静羊向前跌落，扑入尘土。

张果木的父母连夜从温州赶回，在公安局的长凳上坐了三个小时，还没见到儿子，也不知何时能见到，两人已经一天一夜没睡，了无困意，只有绵绵的倦。张父从前是个乡村裁缝，现在浙南制衣厂做制版师，张母做纽扣工人，专门负责缝制纽扣，两个人的个头都小，又微微驼背，坐在最角落的椅子上，问过警察，警察说，还见不着，只好等着。来局里办事的人多面目紧绷、步履匆匆，张父木木看着前台的一个女警察，看她手脚不停，打印了什么，又撕掉了什么，如此重复，那女警察回望一眼，只管做自己的事，张父怪不好意思，沉下头。夫妇二人在外多年，每年只有春节前后一月在家，每月打生活费过来，张果木之前与爷爷过活，爷爷管他一日三餐，前年爷爷去世，张果木一个人过不下去，先是寄住在舅舅家，而后搬到学校宿舍，每月得九百元生活费。

张家三代单传，张果木出生之初，张父拿他的生辰八字请山中道士算命，说是五行缺木，命中有血煞，名字中要有"木"有"果"，才能开花结果。张父想起这茬，细细思索，道士到底算得准还是不准，张果木这名字取得行还是不行，要是有个女儿就好了，养儿子到底不如养女儿省心。正想着，有个女人闯进来，坐地大哭，几个警察上前把她架起来，带到办公室去了。大厅里喧哗一阵后，只有一种由许多细小人声汇集起来的沙沙声，张父仔细听了一会儿，想从中听出一丝消息，他恍惚听见，这沙沙声里有个男人叫了他儿子的名字——张果木，你悔不悔。

张果木手反铐着，这凳子上坐过强奸犯、瘾君子、扒手和杀人犯，椅子上的红漆磨光，显出两个屁股墩的形状，他瘦骨支棱的，弓着背，汗出了一层又一层，薄T恤浮出白花汗渍，渴得一直舔嘴唇。警察们事先去学校调过他的资料，这男孩子十七岁，学校里老师们说，张果木曾经是个好学生，很有希望，高中入学成绩排名全校前十，到高二，张果木的成绩忽然掉下去，不是渐次退后，而是高空坠落，很快他的名字就从年级前一百名里消失，而后又滑出了前五百名，这学校有学生六千，每个年级两千人，前五百名进不去，别想考大学。还有，这孩子不起眼，不爱说话，甚至不怎么和人来往。他独自坐在教室角落的位置，除了刘宇，没有相熟的人，也没人了解他，他闭锁了自己，但他绝对不是什么坏小子。

张果木和静羊有仇吗？

据他们所知，没有。

老师们不约而同提起张果木的一个特质——跑得快。每年校运动会他都会报名，短跑、长跑、接力赛跑，成绩不俗。张果木那小个子，看着弱不禁风，跑起来就像一阵风刮过去，两腿装了发动机，但到颁奖时，无论学校大喇叭喊多少遍，他都不会出现。

还是有人记得张果木的，比如体育老师，老想把张果木招过来，问他愿不愿做体育特长生，文化成绩上不去的话，体育也算是考大学的一条捷径，但每年需多交两千元的训练费和营养费。张果木把这事儿电话告诉父母，张父立刻将钱打到账上，张果木却把钱拿去买了一辆电动车，并没有参加体育特长生的集训。有了电动车后，张果木独自骑着电动车往城郊去，算好电量再折返，回宿舍睡觉，缺席了一些晚自习，不到半月，电动车在学校被人偷走，他对班主任说了这件事情，但是让老师别报警，反正也追不回来，算了。

张父得知此事后，从温州赶回，将张果木从教室揪出来，在众目睽睽之下打了一顿，张果木还击，把张父的嘴角撕裂了，张果木的眼睛被打到充血，肿高半寸。打完之后，张父扔给了张果木一些现金，离开学校，径直去了火车站，乘坐当日的夜车回了温州。许多人目睹那场父子之间的战争，在教学楼外平坦的水泥地上，两个人滚打在一起，都没有发出声音，专注且静默地互殴，直至精疲力尽。

之后张果木再要进体育特长班，老师已经不肯收，体育生一天四个小时高强度训练，心思活络的孩子不好管教。张果木又想去社会工作，高二下学期从学校出来了一个月，替人代跑快递，早上六点起床，晚上九点下工，晒褪两层皮，挣一千五百元，几天便花个精光。得知此事后，张父只求张果木读完高中，之后或读大专，或跟着他学手艺做裁缝，全看他自己。做裁缝倒不十分辛苦，只是一年到头不得休息，做一分吃一分，不做就没有吃，路由张果木自己选。

张氏夫妇常年在外，张果木爷爷还在世那会儿，这孩子还比较正常，只是腼腆一些，脸颊丰盈，总还有生气，张果木爷爷去世之后，事情就变化了。因为无人照管，张果木暂住舅舅家，张的舅舅在药厂上夜班，不大见得着人，舅妈常年泡在麻将馆，住在他家，不过就是有个落脚的地方，半月不到，张果木发现自己放在抽屉里的五百现金被人拿走，径直走到麻将馆，问舅妈为什么偷钱，舅妈在众人面前失了脸面，甩了张果木两巴掌。张果木离家出走了半个月，花完身上的钱之后，回到了学校，继续念书。

张果木从舅舅家搬至宿舍，起初张父怕张果木寂寞，每天打个电话给张果木，问一日三餐、学习如何，后来频次渐少，降至一个星期一次，每次通话时间一二分钟，多数时候张果木会拒接，张父会继续打，直至接通。张母每隔一个月寄几件新衣来，都是厂里的样衣，多半不合身，张果木嫌土气，常常转手送给同学。对了，张果木特别讲究仪容，可能跟爸妈做裁缝有关系，他喜欢穿黑色上衣、米色帆布裤，理一种叫"毛刺"的寸头，鬓角要修干净，他个子很小，只有一米六，小眼尖嘴，不起眼的相貌，但是很整洁干净。

许多人只记得他在操场跑步的样子——快得像一束光，五圈之后，这束光仍不知疲倦，要跑上十圈，光束才会黯淡。除此之外，便没有什么可说道的，他好像学会隐身术，躲藏在人群中不被轻易发觉。

往前追溯一点，张果木在小学初中都是拔尖人物，读书不费力气，尤其是英语，几乎过目不忘，上的也不是什么好学校，都是城郊边角的新建学校，砖头都像是昨天才砌好，老师们也只是临时落脚，学生们来自周边乡野，大多粗野，不走读书的路子，那时的张果木像宝物一样发光，高中入学考试考进全市前十。有人说他是神童，能上清华北大，小地方人，对清华北大没有什么认识，只是觉得一定是好的。

这样的孩子生在家里，像是中了大奖，高兴，又怕拿着奖票兑现不了。张父对张果木期望很高，三代单传出读书人是幸事，他希望张果木能念出书，读个大学，至于念出书意味着什么，他也说不清楚，至少有身干净衣服穿，有个好职业，譬如医生、律师、公务员，叫出来响亮，有牌面，不必地里刨食，不必钉在工厂，不必有土有灰，因而凡是张果木读书上的花销，他从不吝啬，自己这辈人就这样了，不过是一颗没有发出去的子弹，苟省佝偻地过完就算，但孩子，孩子是有未来的，更何况是这么聪明的孩子，屈尊般落在他家，有时候张父会觉得内疚，要是张果木生在更好的人家，能够接受更好的教育，会过得比现在好。他们在外很多年，像候鸟作息，年会归乡，不到元宵，两只脚就痒起来，要离家去。两个人每月赚七八千块，吃一点，存一点，多余的都给了张果木，给他吃穿，给他上学，他们惴惴不安又极富耐心地供养，没有丝毫怨言。骨肉分离很多年了，但活着不就是忍受，有个好结果的话，一切都能忍。去年他在县城按揭买了一套三室两厅的房子，每月房贷两千，只等张果木读完大学，肩上担子一松，他们夫妇就返乡，盘个小店面，做点小生意过活，这么算下来，一家子苦不了几年。高一暑假，张果木曾坐上去温州的车，与父母同住两个月，自张果木五岁之后，一家三口少有长时间的相聚，住在一个房间，手脚常常伸不开，彼此都有些拘谨，张果木每天早晨要读英语，张父和张母怕打搅他，总是离开屋子，喃喃的朗读声颇悦耳。张果木很少说话，多半时间坐在窗前看书，张父和张母坐在不远处看着，不时涌起上前摸一下的念头，昨日还是个婴儿，今日就成少年。张母每天下午五点钟到附近菜场遛弯买菜，张果木陪着，有时候走得远一些，去新城区看看高楼大厦、新拓宽的道路，给彼此拍几张照片。张父送了他一个新手机，张果木很高兴，腼腆地道谢，张父说，好好学习啊，除此之外，不知道说什么。暑假结束前几天，张父和张母将张果木送到车站，车站里人来人往，张果木上车之后，张父和张母仍在车站内待了很久，待在余温之中。

生一个孩子打一场仗，他们原本快赢了，却在紧要关头输了。

他们不信张果木杀人，所以此番来，还要讨公道，一定搞错了。张母还记得，张果木自幼胆小，杀鸡杀鱼都不敢看，怎么会杀人。在归来的列车上，张父与张母一言不发，一定搞错了，张果木不可能杀人。不可能，不太可能，两个人持咒似的念。但他们又清楚地知道，没有搞错，张果木确实杀人了，以一种又钝又厉的方式，就像警察在电话中告诉他们的，以木棍，以尖钉。震惊之余，他们飞快接受了事实，又说服自己否定它。张母在火车卧铺上瘫坐，胸口要炸开，喘不过气，只有绵绵的撕裂的痛楚，这种痛楚在十年前她和张父初次离乡时第一次出现，膨胀变异，又在后来每年一次的分离中淡化隐形。他们其实对儿子一无所知，这个沉默的少年在常年的孤独里分化出什么，他们根本不知道，张母拙于表达，想了半天要开口说话，最后只说：是我们不管他的，现在他变成杀人犯，怪我们，早知道就不生他出来。

"张果木，你悔不悔？"对面的年轻男警察问。

无言。

"你再想想，为什么要去捡那根棍子，为什么要砸你的数学老师？"

无言。

过了好一会儿，张果木仿佛又回到那个明暗交接的傍晚，回到手持木棍的时刻——他说——其实是把已经说过的话再说一遍——当时脑子一片空白，手脚自己动起来，眼见地上有棍子，就捡了棍子，抡起来，手却不知道轻重，更不知道棍子上面有钉子，更不知道钉子会穿过她的脑壳，更不知道她会那么轻易就死了。

"之前没有动过杀人的念头？"

"没有。"

"你老师说的哪句话刺激到你了？"

"……"

"当时为什么不报警？"

"怕坐牢。"

"报警了，她可能不会死。"

"我知道。"

"那之后你们去哪里了？"

"丢钥匙去了。"

"丢哪儿了？"

"湖里。"张果木说。

"哪个湖？"

"学校后面的湖。"

"为什么要丢？"

"……"

忽然之间，索然无味，最后一丝紧张感也消失了，咄咄逼人的询问不必回答，一切无可挽回，但他还是耐着性子把话说完了。

静羊倒下时，刘宇蹲在距离静羊两米远的地方，像被人踢了一脚，紧紧捂着肚子，脸扭在一起，不敢上前，只轻声问，死了吗？刘宇要打120，张果木拦住了，说不要打，他们飞快地锁好门，沿着空寂无人的楼道走下来，走到学校后面的小湖，将天台钥匙抛入水中，水面荡起轻轻的涟漪，余波消逝，水鸟纷纷在叫。他们耸耸肩，身体稍稍轻松一些，走回学校。刘宇说，咱俩逃吧。张果木只一句"逃哪儿去"就把刘宇难住，刘宇这个愣子，一点脑子也没有。他们慢慢走着，满头大汗，一群花衣且高兴的女人在一旁排成阵列，音乐响起时舒展手脚开始跳舞。张果木脸酸酸的，停下来看，心里面杂绪乱长。刘宇问他看什么呢，张果木说，要是咱们老了，能这么开心吗？之后几天，他也想过逃，但是没逃，其实是不知往哪里逃。刘宇只对他说过害怕，再没有说过逃走。静羊尸体被发现时，当时学校风传是奸杀，话传到刘宇耳朵里，他受了莫大侮辱，朝天唾一口，说谁要奸她，咱俩去自首，跟警察说说。话说完作罢，两个人都顿在原地，没有出路。

张果木被抓前数日没有一夜好觉，却在看守所的硬铺上睡得很沉，周遭的一切声响都如潮汐褪去，沉睡十个小时，醒来大早，晨光从窗外透露进来，丝丝缕缕。平常的早晨他醒过来，脑子总是混沌，头绪纷乱，但那天他很清醒，将自己今后的遭遇细想一遍，免不掉多年的班房要坐，也可能判死刑，一想到死，心脏几乎要跳出胸口，很快平复下去，甚至有股久违的安宁之感，一切终有归途。值班的警察不在，监控的黑色摄像头对准了他的脸，一举一动都在注视之下，张果木在狭小的房间里走了几圈，又走了几圈，然后蹲在墙角，想起爷爷，继而想起父母，几个模糊的人影一闪而过，不是具体的想念。他想了想静羊，想到静羊躺在地上，嘴里发出呜噜呜噜的声音，脸上沾着沙子，手指节发白卷曲，眼睛在日照下变成死水一潭。他那一棍子抡得很满，砸下去的瞬间，右手食指几乎脱臼，巨响吓到了他，静羊倒下去，他心里才满足，好像搬开一块大石头，把一道门打开，一丝丝凉风吹入，不至于窒息，他大口呼吸傍晚清凉的空气，像条上岸的鱼，紧接着是无处可逃的慌张，他和刘宇从静羊的身体上跨过去，锁上门。在那之后，他曾经多次幻想，在他们走后，静羊站起来，拧开了天台的门，独自走了出来，她的脑后只留了一个极小的创口，甚至并不怎么痛。第二天，他在走道里闻到味道，像是臭水沟味里腐烂的老鼠，马上意识到那是静羊的味道，静羊在暴晒中静静地腐烂。这个味道在他的鼻翼残留，接下来的每一口呼吸里都搅拌着腐臭。腐臭还在膨大，直至溢出，淹没众人。

年轻的警官不断询问杀人动机，激情杀人是个很难服众的理由。张果木想笑，又笑不出来。

他与静羊没有过节，之前张果木长期逃课，学校发公告要开除他，是静羊替他说话，将他留下，没人知道静羊为什么这么做，张果木平白欠了个人情，也不好意思去问缘由。静羊上课时讲话慢吞吞，数学公式与几何面积的求证引人昏昏欲睡，张果木与刘宇在教室的最后一排打扑克牌，只要不闹出大动静，静羊只当没有看到，但刘宇总能搞些事情出来，譬如在课上看小视频不关声音，闹得全班哄笑，又譬如故意哗哗剥剥地嗑瓜子，静羊将刘宇叫到教室前面去骂，目光从张果木的面孔轻轻拂过，像是没看见他，张果木脸酸，牙齿搓动了一下，希望静羊也把自己叫过去骂一顿，用最刻薄恶毒的话羞辱他，而不要完全忽略他，他又不是一件摆设。

他怀念刚刚进入这所学校的情形，他的名字挂在榜单的顶前头，贴在校门口的宣传栏中，名字旁边附一张他的小照片，他长得不起眼，每次路过那个宣传栏时，他都会去看看自己的名字和照片还在不在，半年之后，那张榜单终于撤下，换成了一张《环球时报》，之后便再也没有替换过。初中毕业的那个暑假，他花了十天的时间背诵下马丁·路德·金的 *I Have a Dream*（《我有一个梦想》），第一节英语课上缓慢背诵出来，他的发音不标准，但背出那么长一篇已经不容易，老师没有打断他，他背了整整二十分钟，背完之后，他手脚都在颤抖，脸涨得通红，被其他人紧紧盯视。

I have a dream that one day every valley shall be exalted, and every hill and mountain shall be made low, the rough places will be made plain, and the crooked places will be made straight; and the glory of the Lord shall be revealed and all flesh shall see it together.

他不知道马丁·路德·金大部分话语的含义，只是偶然间听到演讲，被演讲的激情感染，他喜欢"dream""glory""freedom""future"这些大词，反复念诵中热泪盈眶。有段时间他不停地表演这篇演讲，许多人在台下听，老师有意无意看过来，带着温暖的期许，从小到大他早就习惯了这种目光，但还是站得笔直。他一直优秀，再优秀几年，熬过高考，就能够冲破一层看不见摸不着的屏障，它高悬在他的头顶。那就是老师说的，改变命运。冲破了那层阻碍，一切都会不一样，但那屏障之后是什么，他不知道，也没人告诉他，他只要知道有那么一层屏障就可以，至于屏障之后的屏障，那是以后才要考虑的事。

他一直感觉有个金色的罩子护着他，把他与世上的污浊隔绝开，就像海水为摩西分开道路。每天起床吃过早饭，从旧巷走到大街上，再走进学校，慢慢走进那个金罩子里去。

父母不在身边，张果木一直待在爷爷奶奶身边，十岁那年，奶奶去世，张果木没有什么感觉，只是跟着父母哭了几场。爷爷年轻时候修理高压电出过事，脑子不太好用，他不识字，自然也没有什么可以和张果木说的，屋子里两个大活人，却时常冷冰冰无言。爷孙睡在一张床上，爷爷半夜会打鼾，很轻微，仔细听才听得见，但张果木熟悉。唯独那天，他从噩梦惊醒，梦中失坠悬崖，醒过来没有听见鼾声，略觉得奇怪，又睡过去，早上他醒过来，已经八点，过了早自习，爷爷居然还躺着，他掀开薄被，昏暗之中老人的脸皮泛蓝，表情平静慈柔，摸上去凉透了，看起来死去多时，他给老人蒙上被单，给父母打了电话，向学校请假。他一次也没有哭，好像还没有回过神，难受劲儿就过去了，只留下平静的哽咽感。父母赶回来，他跟着守灵，和父亲面对面坐着，父亲轻声询问，你以后怎么办。张果木漠然地回答，不知道。张父说，我也不知道怎么办，他忽然哭得停不下来，张果木忽然觉得自己像个气球飘起来，离冲破屏障又远了一些。父母奔完丧之后，又回温州去，他很想他们留下来，话到嘴边说不出口，大家都有不得已的远大目标，什么都可以牺牲，不必问值不值得。

和舅舅住在一起没什么，舅妈偷他钱也没有什么，可是舅妈在众目睽睽之下打的那两巴掌真疼，他当场就懵了，耳朵嗡一声响，周遭的一切声音都听不见，走路都不稳，慢慢摸回自己的房间，整理好衣服，心里滋滋冒火，背着书包走出了门，忽然发现好多条路在眼前，他不知道可以去哪里。

当日张果木没去学校，关掉了手机，一辆公交车坐到底，再换一辆，漫无目的地游荡，直至夜幕降临，他在新造的公园里住了两夜，又坐班车去临县，找了一家最便宜的宾馆住了十几天，每天吃泡面，睡在床上看电视，钱花完了，他又回到学校。

之后，张果木执意从舅舅家搬进了学生宿舍，和另外六个男生住在同一间，房间一股霉潮味，每个人除了一张床什么都没有，张果木睡在靠窗的下铺，听着上铺男生翻身的声音，其他人关灯说话，说起某名声不太好的女生，说起谁人的父母兄弟，谁人的数学英语又没及格，他一声不吭，众人的嘘声在梦中退去,他捂紧被子觉得心安,夜晚甚至梦见那名声不太好的女生,他紧紧抱着她。第二天一早,醒来发现,放在床底的行李被人翻过,衣服乱七八糟地散落在地,牙刷被扔进了水槽,他收拾好行李,从水槽里把牙刷拣出来,洗干净,刷牙洗脸,他问另一个室友,谁干的,那个室友瞥了一下他的上铺。张果木往教室走去,一整天都神思恍惚,他还没记全室友的名字,也记不得他们的面孔,他应该对老师说,又怕被说小题大做,他又觉得很孤单,但这孤单并没有变得更浓,只是漫天铺开了,走到哪里也逃不开,如果父母在身边就好了,他冒出这个念头,又觉得奢侈。之后张果木被其他男生按在地上扒过裤子,被人往杯子里撒过尿,被人半夜蒙过被子,被迫往别人的支付宝里打过钱,这些事情他没有对任何人提起。

只不过两三个月的时间,接二连三的变故,那个金光熠熠的罩子消失了,他的名字从顶前头掉下来,其他人已经跑得很远,张果木试图重新上进,事情却不像以前那么轻松,他在椅子上坐不住,心里芜草乱生,总有许多念头钻进脑子,有头无尾地拦在面前,有时候想起父母来,有时候想起爷爷的死,有时候是喜欢的女同学,有时候什么也不是,空空洞洞,无稽无由,他聚不了神,听不见讲台上的声音,脑中只管跑马，好几个小时一下子过去。课本上的字也不肯老老实实待在那里，只一个劲儿地乱窜，符号、汉字、字母的组合重复枯燥，如此陌生。期末考试马上到了，他跌出了前三百名。张果木发现他再也无法进入那个罩子里，温暖的期许不会再投注在他的身上。一夕之间，他变成一个笨人，一个黑瘦矮小、毫无神采的人，有一辆列车离他而去，他没有赶上车，但没人看得见他，他心里有个孔洞，风从中穿过。

老师跑过来，苦口婆心责问，张果木，你怎么回事。张果木默不作声，说什么都晚了，回不去了，现在他不仅是个飞上天的气球，还漏气了，再也没力气穿过那层屏障。张果木自己坐到教室的后排，从所有人的目光里脱离，这是他对自己的惩罚，必须要承受这些轻视，起初老师劝过他两次，但张果木太犟了，非得自己想明白，脑筋才能转过来，后来无人规劝，任由他去。他用书本堆起一座墙，缩在墙后，起初喉间经常会突然涌起硬块，哽住喉咙，让他几乎哭出来，很快他习惯自甘下流的感觉，找到了虚度和放任的乐趣，再也不用回去。

他很会跑，跑起来飞快，这是一项天分。那段时间，他在夜里翻墙爬进操场，黑暗中沿着塑胶跑道狂奔，听风从耳畔穿过，跑到精疲力尽，有时候他会对着远处的光叫两声，有时候会有人回应,他听了莫名高兴,有很多话盘旋,最终没有可以诉说的人。

张果木坐到教室后排,后半截教室原本只有刘宇一个人,刘宇自觉地盘受了侵占,每次下了晚自习,就把张的书桌整个丢到教室外面去,张果木一声不吭地拾回来,刘宇又给丢出去,两个人僵持多日,刘宇先厌烦了,便默许了张果木的存在,后来张果木带刘宇玩手机游戏,连赢了十几局,叫刘宇刮目相看,刘宇说,脑子好用的人,果然干什么都行。刘宇的父母也不在身边,刘宇八岁,父母车祸去世,之后随爷爷奶奶生活。十岁之后,刘宇的身体脱缰生长,脑子却跟不上,越来越是一个巨大而碍眼的麻烦,与张果木相比,他更像杀人犯,身高一米七八,足有两百斤,说话声音粗野,三角眼有凶光,满腮硬胡子要扎出来。在张果木看来,刘宇有点傻,看着横,胆子其实很小,也许大块头和脑子笨一体两面。两个人一起混着,拿主意的是张果木。和刘宇做了朋友,再没人欺负张果木,虽然站在刘宇的身边,只让他看起来更卑琐。

外面人声渐渐密集,张果木看了看钟,才八点,阳光浑浊了。过会儿有警察送了早饭进来,他吃着,警察说,你爸妈还在外面呢。张果木说,哦。警察又说,下午见见。到时间了，一男一女两个警察端着保温杯进来，继续询问张果木案件详情，张果木也搞不清，为什么这么简单的案子要分成两天，昨天问过一遍的问题，今天换个人再问。大人们漫不经心，不时互相聊起天，说到自家的孩子、下月的奖金、还不完的房贷，有时咯咯笑起，目光从他脸上划过去，划回来。

案件清晰明了，走完流程，警察把纸笔收拾了，有个年轻的女警察临走时说，可惜了。

张果木倒吸一口冷气，胸口冷抽抽疼了。这三个字听起来刺耳。

静羊才毕业，就做了高中数学老师，教张果木一班。初站在台上，她胖手胖脚，脸圆圆的，鼻子又小又翻，穿了一件不合身的粉色T恤，勒着两肋，胸部凸显。有几个男孩子尖尖地笑起来。静羊很局促，半天没说话，一开口，声音既轻又慢，入耳如春风，意外好听。

静羊说她上学时候最讨厌数学和物理，但是到头来却做了数学老师，上大学时她突然找到了数学的美感，数学试图寻找到规律，用公式来固定规律，找到规律就能认识世界，希望大家今后在课堂上能稍微感受到一点数学的美感。她画了个三角形，又在三角线内画了一条弧线，兀自求解出弧线括出来的面积，密密麻麻写了一黑板，直至得出答案，板书写得齐整又漂亮。这番举动叫张果木很舒服，甚至有些感动，只是后来静羊再也没有说过什么让人印象深刻的话，她和其他老师一样，赶着课业的进度，要在高二下学期，结束整个高中课程，高三的时间都用来复习备考，精力有限，她也会势利眼，只顾着班上排名前二十的学生，其他人都是顺带。她很快习得一种拿腔拿调的说话方式，把嗓音压低故作威严，间或尖利地拎重点，她偶尔也会用她那挺好听的声音骂人，戳人心窝子，以羞辱学生为乐。她声音分贝不高，后排的人听不清，只好配了一个小扩音器，本来的声音和扩音器的声音撞在一起，更绵绵纠缠，令人昏睡，不知为何，她无法控制地更胖了，连腾挪都费力，因此得了许多难听的外号。

大家热衷于打听和传播静羊的八卦，或因为她胖、不漂亮也不打扮，也因为她好脾气，不容易发火，还没结婚，可以随意羞辱，被视作快乐源泉。譬如她去年相亲被人嫌胖，相亲对象正好是班上某同学的舅舅，所以传出来，这事大家私底下笑话了好几个月，大家嘲笑她嫁不出去，怕是要做一辈子老姑娘。去年夏天，静羊穿了一条短裙，露出两条粗壮的腿，走在路上时被男生拍了照，在学校各个班级群里流传，那之后静羊再没穿过裙子。她样子总是不修边幅，披散头发，二十出头的女孩子穿得总是灰旧寒酸，钟爱黑色和灰色的宽大衣服，也许是为了遮住身材，她脸色暗黄，看上去没有精神，也不会化妆，但她会穿厚底的高跟鞋，也许她很介意自己的个头矮小，但这样搭配起来很怪。静羊不缺课，也从不调课，似乎是为了每个月二百块的全勤奖。她上课珍惜一分一秒，不会讲课本以外的东西，也不讲笑话，因而沉闷，许多人选在她的课上睡觉，而她也很少责骂，每次大考班级平均分在学校排名中等，有学生写匿名信给教育局，请求撤换掉她，那件事情闹得很大，学校甚至来班上派问卷，询问静羊是否称职，每个人都填了表格，好几天之后处理结果公布，布告说静羊是优秀的青年教师，因为那事，静羊红了好几天的眼睛。她中午和学生一起吃食堂，一个人坐一张桌子，不与人交谈，吃得很素，和她的穿着相匹配。传言静羊是福利院的孤儿，因为有人曾目睹她步入福利院的院子，这大概可以解释她的苛俭和贫穷，谣言越传越像回事儿，又不攻自破，静羊的奶奶来学校找她，是乡下很普通的老太太，穿着已经不太常见的蓝布衫，说话很大声，静羊站在她旁边，两个人用山里人的话叽叽喳喳说了好一阵，事实证明静羊不是孤儿，是乡下人。

　　张果木调出前排之后，两个人的交集越来越少，直至不再正眼相瞧，张果木有时候也会附和刘宇，说几句静羊的风凉话，但因为开学时静羊说过的那番话，他始终对她保持着遥远的敬意，他甚至觉得他们是同类，一同怏怏不乐地生活在日光之下。

老师们曾经想挽回张果木，班主任让每个老师找张果木谈话，希望人海战术能动摇他，轮到静羊时，两个人还没面对面说过话。办公室里二十几个老师，每个人一个小格子间，他不知道哪个是静羊的，一间间格子望过去，靠窗角落里的格子上摆了一个毛绒玩具，一盆绿萝，绿萝养得不好，快干死了，张果木就知道那是静羊的，他踮着脚，轻轻地走过去，静羊抬起头来，叫他搬个椅子坐下，他坐下来，静羊轻声说，你来啦，等会儿，我把手头事情做完。张果木"嗯"了一声，眼睛没地方放，打量静羊的小格子，里面置了一个小书架，放了几本书，所有课件和学生试卷凌乱堆放。静羊一定喜欢动漫，书架上一间格子里放了几个手办，用玻璃罩罩着，旁边摆着几个小药瓶。那天她穿了一身简单的白色T恤和蓝色牛仔裤，照例没有打扮，头发飞蓬，阳光照得她全身发光，与平日的晦暗不大一样。那之后说了什么，张果木已淡忘了，也许根本就没说什么。

他由此想到另一个久远的下午，学校因为一场4.5级的地震停课半天，大家收拾东西往外跑。张果木决定去爬学校不远处的广元山。那是一座小山，上下是同一条石头小路。走到半山腰，阳光从树叶之间穿进来，落了一地斑驳，不远处有个女人也在向上，她走得有些费力。是静羊。她转过头来看一眼，继续往前，很快消失在道路折角处。来去只有一条路，肯定会遇见，张果木犹豫要不要打个招呼。他很快爬到山顶，却没有见到静羊，下山路上也不见人，她不知从哪条野路离开了，但他脑中冒出一个奇怪的想法——就在刚才，静羊消失于空气之中，像露水蒸发、升腾、飘散，那样。

南　奔

北人南去，湿气侵入头皮，不几天滋出许多虱。小孩的头上也长了，不停地搔，有一只掉在眼睫毛上。窦氏发觉，掰着小孩面孔，轻轻地替他摘去，又走到水边，叫小孩坐在石头上，替他一缕缕篦头发，篦出的虱子放进嘴里，咬得嘎嘣作响，响了足有十几下，篦完后，又将头发拢好归辫。

她见到杨华坐在一旁，披头散发，也要去给自己的夫君篦一篦头，刚走过去，杨华脸色阴沉，正对着清晨遮天的雾霭发愁，后面已经架上铁锅，水和了面，火烧得旺，正在烙饼。肉长蛆，几个妇人用小刀剔净，合锅里加些烂叶一通煮，要是再过三五天还赶不到梁国，就要断炊，连臭肉也没得吃了。

五百人的队伍，亲眷百人，士兵四百，被追兵杀了一些，路途中又因南方蒸湿病死了一些，走到这里，只剩三百来人，又饥又疲，兵士眼饿得发光，马也瘦了一圈，不能骑，只能牵着，已杀了好几匹，充作粮食。因是出奔，不敢走大路，遇到村寨绕行，夜间躲树林，走错了两个岔道，比预估抵达梁国的时间几乎多花半月。

途中还出了两道岔子，有两个兵夜里潜入帐篷，将窦氏枕在头下的细软偷了一包，逃走了，杨华急着赶路，没有追究，包里有窦氏家传的项链与手镯，她因此哭了几次。后来又有士兵欲叛，要割了他的头颅，取他的印玺，回魏国去求赏，还未走进帐篷，杨华先惊觉，两只冷箭给收拾了。隔日，他将那两具尸体扒干净，陈在人群中间，喝令众人："夜间有欲袭我者，被我杀了，诸位想走的尽管走，我不拦阻。"

军中骚动片刻，果然有五个人站出来。杨华每人发了一粒金子，由他们去，走了约莫半晌，那五个人走出半里地，人影缩得指甲那么小，杨华却叫拿惊山大弓来，支上羽箭，似乎毫不费力，便将大弓拉成满月，一松指，羽箭发出尖锐的哨声，一下子那边人影就倒了一个，连发五箭，箭箭都中了。

收了大弓，杨华平静如常，众人不敢说话，把那五具尸体扔沟里喂狼，闷声吃饼，从此无人再提北归的事。中午向导回来，指着山下的白雾，说下面是几十里洼泽，面上看起来是无边无际油油绿草，没有猛兽，毒蛇不少，还有许多泥沼，要特别小心那些湿泥，他的马不小心踩进去，不一会儿整个儿就不见了。过草甸最怕下雨，原本的道路重新变为沼泽，那些细若羊肠的小道随即覆满蔓草，变得难以识别。

正说着，天下起雨来，偏偏这个季节的雨水不断，捎带着早春的寒意，抬头一看，乌云黑毡似的绵延，看下去，所有人缩成一团，眼里冷得冒火。杨华也觉得冷，雨水穿透了裘衣和布甲，但需要在天黑之前走到山下，扎起帐篷，明日一早再穿过这片沼泽。他颇厌恶南方，无论是风是雨还是土，黏黏腻腻，使人迈不开脚，浑身湿痛。他想起洛阳，风长年不止，连傍晚的炊烟都一下子被卷走，城中没有多余的杂味，这恼人的霉腥，绝不会有。

夜里不能长时间生火，只恐追兵循火光而来，因而夜格外静，格外冷。半夜，窦氏忽然哭起来，小儿阿保本来就病着，白天淋过了雨，晚上发热，全身滚烫，只剩下游丝之气，进少出多，生死由命，窦氏解开了衣服，赤露身体，将小儿贴在双乳之间。队伍中的长者说，熬得过今夜，大约就好了。

阿保六岁，生有一双与杨华一样黑熠的眼睛，已经会骑着马驹，在平原上放弓射雕。他们父子时常骑马在洛阳的大道上狂奔，马蹄在大道上扬起黄尘，阿保一边喊着"爹大，等我等我"，一边用小鞭子使劲抽打小马驹，最后他们总是会奔向永宁寺，在寺塔之下盘桓几圈，因为那是个必然的终点。塔高百丈，巍巍峨峨，洛阳城内，无论哪个方向，都能够看见这座高塔，塔尖上贴满金箔，晴日里放出灼灼虹彩的光。

人们说，凡见过永宁寺塔的人，魂魄随之壮丽。

总是有风尘满面衣衫褴褛的胡僧，长跪在塔前，一圈圈围着塔转，口中念诵经文，他们抬起头，脖子几乎拗断，才能看见那些巨大的梁，梁上犬牙相扣，层层错错，看不到塔顶。每一层都有平座栏杆，可以凭临，每个檐角都悬着一个铜铃，风中丁零不绝，十几里外都可以听见。塔最顶层放着一个纯金宝瓶，当年建造永宁寺塔时，胡太后亲自爬到顶端，为宝瓶装藏，将经文五谷社稷放入瓶中，顺带放进去的还有她的一只明玉耳珰和黄金臂环。阿保喜欢追随着僧人们在塔下缓步行走，听着檐铃的声音，混合着僧人们喃喃诵经声。他还太小，不知道为何会有风，也不知道铜铃为何会响，不知响声为何入耳，只是目不转睛地看着面前的大厦。它如此高大，令人目眩神迷，令人不疑佛国之威。

"阿保，我的儿。"窦氏在黑夜中低声呼唤。

一起看寺，仿佛还是昨日的事。

他这小儿，从小聪慧，半岁能言，两岁认字，三岁吟诗，更有一双神目，可知未来事，见未来人。四岁时，阿保洗澡时，忽然对乳母说起，他看见祖父从马上跌落，头破血流。几日之后，杨华的父亲果然从马上跌落，摔头而死。此事一传十，百传千，阿保能预言的事，整个洛阳都知道了。永宁寺的僧人善文时常来杨府讲经,几次要讨阿保去做小和尚,只说小儿这份聪慧,入沙门是幸,在人间生祸。窦氏不肯,把善文轰出门去。阿保将善文送到门口,像个小大人作揖道别,末了指向永宁寺塔,说,善文长老早些觅个别的去处,永宁寺终要烧掉的。善文听了,问阿保何出此言。阿保笑了笑,说,我都见着了,大火从地底冒出来,日日夜夜,燃烧不尽,雕梁画栋一夜倾塌,夜晚的火光照亮大半个洛阳城,烟雾盘旋在北邙山腰,三月不散,我都见着了。善文听了,躬下身去,朝着寺塔的方向长拜,阿保看着金色塔尖,只是站着,塔顶的金色宝瓶有日子没擦了,宝光暗淡。几日之后,洛阳城内流言四起,都说永宁寺塔要烧了,举国之力,十万劳役,三年之功,烧了岂不白白叫人看笑话,引来多少唱衰的话。寺烧了不要紧,要紧的是早前的一个谶语——永宁不宁,维魏将崩。似乎谶语终会应验,无论时间过去多久。

　　杨华叮嘱阿保,以后不可在外人面前说起预言的事情。洛阳很不太平,有西域的异术僧人进入城中,夜晚燃起火堆,火苗幻化出种种图景:宫殿被烧毁了,人如蚁兽四散而去,宫门被一场大风刮倒。他们说,魏国快不行了。这些话传入宫中,胡太后和小皇帝命人在城中四处搜寻,胡僧一个个被找出来,割去了舌头,在门下受斩,他们的罪名是巫言。阿保说多了,难免不被人听了去,要是作为罪状往上一呈,那完了,整个杨家怕也不保。

杨华了解她,头戴金冠的,孤零零的,长夜不寐的女人,在森严宫殿之中直面无数鬼魂,其实胆小得像只兔子。他想起她,身和心都膨胀起来。想起她很怕冷,殿里总是烧着火盆,地上铺满虎豹的皮,她披着一身灰狐裘,只露出半张面孔,嘴唇青紫,微微颤抖。好冷,这鸟地方像冰窟,天底下怎么会有这么冷的地方,这不是人待的地方。她总是抱怨。手里一串水精子念珠,一颗颗拨动,在她彻夜无眠时,念佛成为唯一消遣,更漏将阑时,奴婢们抵不住困,一个个睡去,她会趁着晨光熹微,在宫墙下散一散步,为偶遇的鬼魂念经超度。洛阳城中鬼魂太多,多到混入人群,分不出人鬼,她是这么说的。她就那么疑神疑鬼,满眼狐疑不决,楚楚可怜,却又磐石不动地端坐殿上。说起来她也不算什么绝顶美人,但得她正眼一瞧,那种威吓的目光里蕴含如水温柔,心里马上就着起火来。

每逢大风天气,杨华会格外想念太后,大风卷着沙土,远处传来羌笛之声,放大私情和妄念。但他不能直接去见她,只能等待召见,他是臣子,她是太后,只有她召见,他才能骑马入宫,天微亮时再出宫,洛阳城中人人都知他是太后枕边的人，不算耻事。

随时等待召唤的男人不止他一个，还有清河王元怿，还有光禄卿元义，还有……杨华只是其中之一。

深宫之中的女人，选男人也是选棋子，满朝衣冠文武，拣出几个合用的可商量的人，朝廷里要有人，军中要有人，边镇中也要有人，好大一盘棋。在秘闱之中，枕榻之上，慢慢软软地把要办的事儿敲了，要杀的人，要破的局，要一个个搬去的绊脚石头。她没有什么可以凭依，唯有自己，敌人很多，个个盯着，不动声色，每个人都能举出一百条杀她的理由。一个女人凭什么呼风唤雨，做得对，也是因他们的辅佐，踏错一步，就是祸乱朝纲。她所做的一切，说到底，只是为了活下去。她总是用最轻和的声音说出寒意深重的"杀"字，有时候让自小在军营长大、见惯杀伐的杨华也觉胆寒。战场上的死，直来直去，总有胜负做底色，但朝廷里的你争我夺，常常叫人摸不着头脑，昨日还一起吃饭喝酒，今日就你死我活。杨华生长在军营之中，读书甚少，只认得几个字，一句诗也不读，没有弯弯绕绕的肚肠，太后的心思他猜不透。但太后说，不必猜透，做她的鹰爪就好，一旦有人有谋反的意图，立刻通报与她。

宫里面的枕头总是这么硬这么冰，让人睡不着觉。她又抱怨。

杨华第一次见她,正随父亲回洛阳朝觐,那时候先帝还没有驾崩,皇帝还是太子,太后也不是太后,尚是充华嫔。他在城外为先帝表演惊军骑,一骑奔突而来,又绝尘而去,冲得对方阵营大乱,马上射箭,百发百中。先帝嘉许,惊为天人,说到底是杨大眼的儿子,了不得,后宫也有个射箭好手,也让她伸展一下手脚。先帝让人在吊楼上挂了一个小铁环,充华嫔穿一身紧束的皮衣,红巾蒙面,骑了一匹金錾头五花小马奔出来,提溜在场内转了一圈,搭好弓,嗖一声,箭翎穿环而过,众人还没看清,她一拉缰绳,立马回城了。这样的好箭术,普天之下也寻不出几个来。先帝驾崩,充华嫔先做了太妃,又做了太后,垂帘听政,手握朝纲,短短一年间的事。众人议论,说这胡氏之女运气真好,这万万人之上的位置偏偏落在她手里,可杨华知道,那位置非她莫属,看她弯弓盘马就知道了,心思快准狠,她不是凭借虚无缥缈的运气,而是顺着那唯一的空隙爬了上去。

本就是一面之缘,可能还称不上缘,但宦官来召唤时,他甚觉惊讶,那宦官声调抑扬顿挫,他甚至来不及跟新婚妻子窦氏告别。两个宦官提着灯笼在前,小步无声快走,光点明暗闪烁,一路宫墙遮蔽月明。宫门一道道打开,约有七八重，才到嘉福宫。宫中灯火通明，她还在批阅奏章，几个宫伎在一旁奏乐，声音压得很低。她比他印象中个头小很多，抬起头来，也并不如传闻中那么美丽，薄薄的嘴唇像一把利刃，甚至有些狠毒。她说她一直记得他，十年前惊军骑一见难忘。杨华也诺诺，称赞太后百步穿杨的风采。她笑起来，眉眼弯弯，面孔才有了生气。太后说，找你来就是手痒了，许久没射箭，想比试一下。一声令下，宫人们在殿外燃起上百个火把，一时亮如白昼，立起三个靶子来。更鼓响了一声，自鼓楼传来，已经入更了。杨华诚惶诚恐地拿过弓箭，连射三箭，射中靶心。太后说，风姿犹如当年。她也上前，直接在弓弦上架了三箭，箭矢分飞，直中靶心，本事比当年不减，瞧着还更厉害了。她又将银弦小弓换成大弓，在箭矢上放了一枚鹰哨，没有射靶，朝着下弦月的方向射去，鹰哨一路向月，回响声如裂帛。杨华说，我竟没有你这样的准头，只是力道比你大一点。她听了高兴，说，那么给你看个好东西。两个宦官抬上来一张惊山大弓，大可九尺，黑朱螭龙，她说，这是先帝的弓，你挽挽看。杨华拿起来，三四分沉，挽满费了五分力气，也对着夜空射了一箭，过了好一会儿，忽然听到一声清脆的钟声，箭不偏不倚打在了钟楼的铜钟上。杨华放下弓说，偏了，本意只想试试弓。

她不知疲倦地玩了近一个时辰，才叫宫人们收拾干净，拉着杨华的手进了屋子。她的手虽然小小的，却瘦硬如铁，不像女人。她说，若是个男儿，何苦在宫墙里挣命，去参军打仗也能有些成就。杨华说，怕是比我还厉害，封侯拜爵未可知。她笑着说，正是，偏偏是个女人。他在那一刻对这个女人充满怜爱，觉得她像是放错盒子的珍宝，又或许她根本不应被放入盒中。

宫女们上前替他宽衣解带，把他剥得精光，把床笫的位置指给他，他躺在裘被中等待，烛火熄灭，一个小小的女人身体滑进他的怀抱里，呼出一口气，说好冷，他忙不迭地抱紧。四更不到，有宦官上前来将杨华推醒，给他穿衣，天还没亮，宦官仍用两盏灯把他递送出重重宫门，这感觉非主非客，让人别扭。临走时，杨华扭头一看，那小小的赤身的女人蜷曲酣睡，令他心生怜惜，从此他就是太后的幸臣。走过宫墙时，晦暗之处似有人影穿行，也许她说的宫中鬼魂是真的，历代冤魂盘踞在此，不肯散去，所以宫中才如此阴冷。他并不感觉羞耻，只觉得命运从此改道，和她捆绑，有许多刀山火海要去。

那之后不久，太后便自称为"朕"，她神采奕奕，日渐消瘦，每日上朝不怠，亲自批阅公文，也周游在不同的男人之间，似乎精力无穷。她一而再再而三地给杨华升官，当然还有其他几个人，尤其是清河王元怿，既是皇叔，又列三公，统领朝纲。举世皆知她的艳事，她和他们牢牢捆绑在一起。在这方面，她长袖善舞又小心翼翼，用他们的力量渡过难关，同他们分享权势，保护自己和小皇帝，维护宫中的安宁，也恩威并施，不让他们人独大，成为威胁。她也杀人，面无表情地下令，仿佛只是摁死虫子；每个月她都要去刑场观刑，那些反对者妨碍者，违背她意志的人，都像牲口一样被杀了。

如今，距离太后的第一次召幸已经六年，杨华位列九卿，杨华的两位哥哥统兵一方，杨家本是西北氐人入关，原是虫豸之人，得此高位，这是一场并不体面的联姻。有时候杨华想问她，众多男人中，她心属哪一位，但又知僭越，太后并不是普通的女人，她是一国之后，皇帝的母亲，不能属于任何一人，但并不妨碍他心里始终弥漫着一种浓烈的酸苦；也不妨碍在朝堂上，他肆无忌惮地用热烈的目光看向她。她坦然坐在纱帘背后的影子也让他着迷，让他不断想起夜半时分她平滑的皮肤，冰凉的指头。

阿保曾问过他，为何常往宫里去，为什么母亲的脸色总是那么难看。

这个问题很难回答，很复杂，关涉太广，几句话难解，大人的事情。他说。

母亲说你是去见另一个女人。阿保说。

对，我去见太后，事体重大，不便多说。

阿保点头，不再问了。

我返乡期间，开始对本地的古戏台感兴趣，因此时常在乡间游荡，重考那些戏台的建成年代。乡间已经无人看戏，戏台常年用木板封死，从门缝中向内看，依稀可见雕梁画栋，地板上落着一层薄毯般的灰，有些建筑已经开始朽烂，摇摇欲坠。老话说，房子靠人养，人一旦不住，就没了生气，离塌不远。

我爸把那本戏本子给我，说是同乡的一个叔叔托他转交，因为我平常老写一些不着边际的故事，那位叔叔想给我看看，倒不是说让我看好歹，只当一份礼物，无人托付，让我收着。

戏是按折子戏的格式写的，仍旧是帝王将相的套路，写成于上世纪八十年代中期。没承想，那会儿还有人在写新戏。本子用一块蓝布包裹，掀开来，是一沓油墨印的薄纸，字是手写，整齐秀丽——那时人常有一手好字，标题用美术字描出来，《南奔》，写的是北魏胡太后与大将杨华的故事，两人生情，宫廷生变，杨华惧祸出奔南梁。全本三十多折，演完要一天一夜，排场很大，龙套就二三十个，这么大戏，现在就算是省剧院也演不下来，如今戏曲衰弱，地主家也没有余粮，谁出得起这个钱，做得起这赔本买卖？再说演了也没人看。

"不然你去见见你张叔，说起他来和我们家还有亲，是我的远房表弟，你亲表叔，"我爸说，"他前年也回乡了。"

"表叔哪有亲的？"我说，"这个张叔现在做什么呢？"

"生意做得很大，房地产，这两年在家这边也开了个楼盘。他八十年代下海，在深圳发家，也叫过我一起，我放不下家里，没去，要不然现在也有几亿身家……"

返乡之后，时间总是很充裕，我爸把他淘汰的一辆旧车借给我，去哪里都很便利，我是个野人，总是在外，避免和家里人面面相觑。有些心事，容易在话里话外牵出来，我爸急性子，三句话就给我拐回去，揪着我的痛处猛戳，争执免不了，父女之间的情分也快完了。

既然张叔写过戏本子，自然喜欢看戏，也许知道一些古戏台的事儿，见见也有收获。我爸跟我说，张叔在郊区圈了很大一块地，盖了个园子，收藏他从乡间收集过来的古戏台，已有二十多座。园子围了高墙，从外往内看，只能见到黑檐飞翘的边角，骄阳之下，街道尘土飞扬，往来全是土方车，正往不远处的楼盘工地上运建筑材料,楼盘的名字叫"金色水乡",附近仅有的一条小溪已被填埋,水乡不知何处,金色更无从说起。我按了门铃,自动门打开,又按照门口招牌上的指示,将车停在门口,走进去。两边的古戏台整齐排列,奇怪的是,脱离了村庄的布景,被硬挪在一片平地上,戏台个个都缩小了,似乎可以放在股掌中赏玩,舞台仍然被门板封死,看起来比在村庄里还要没有生气。道路两旁铺着草皮,因为夏日暴晒枯死,园子里稀稀拉拉地种了几棵树,叶子耷拉着,路尽头有座三层小楼,有个矮胖的男人在门口等我,我快步走上前与他会合。

我和张叔相对而坐,离得很远。办公室装修简陋,只略作粉刷,屋子里横着一套尺寸巨大的潮式红木沙发,我坐这端,他坐那端,中间隔着一个长条的玻璃茶几,相距七八米。沙发很硬,我只放了一半屁股上去。张叔起身给我倒了一杯绿茶,茶叶在玻璃杯里沉浮。我们寒暄了几句,客套话说了一堆,他八十年代末就离乡,我们并没有见过面,寒暄的内容只围绕着我爸,又说了说我读书工作的事。我感到一种分明的压迫感,我三十岁了,他还把我当小孩。以及,他长期身处高位的强硬语气,也让我恍惚了片刻。

"你爸说你回乡发展了。"

"只是暂时，也不叫什么发展，可能还会回去……"我小声说，并不想在这个话题上继续。

"看完了吗？"他问我，问的应该是戏本子。

"还没，"我说，"最近回到家总到半夜，没有什么时间看。这本挺厚，要看一段时间，有些字被虫蛀了，需要补完，我不懂戏文，不懂曲牌，许多东西看不懂，一边看一边查。"

"我年轻的时候写的，比你现在年轻得多。"他喝了一口茶，嘿嘿一笑，"那时候我喜欢看戏，把戏当真，天天做梦。我喜欢一个女演员，就给她写了一部戏，《南奔》。我只写过一个剧本，这个戏也只演过一次。之后我去深圳了，再之后，也没人看戏了。"他抬起头来看看我，不确定我是否听得懂。我点点头，表示肯定，目光与他短暂交会。那面孔若无表情，两颊有深深的法令纹，张叔以前是远近闻名的美男子，我见过他年轻时和我爸及他人的合影，出类拔萃，现已看不出当年的影子，岁月把他磨矮了，磨圆了。

"写得怎样？"他试探地问。

"厉害。"我说。也夸不出别的话，或许演出来会更好一些，戏本里纯是对话，读起来干巴巴的，要从里面抽剥出一个故事来，进入情境，并不容易。偏偏赣剧主要演给乡民看，戏本文采粗糙直白，插科打诨多，虽然演的是宫廷皇胄的事，始终有种东宫娘娘烙大饼的意思。我对古戏台感兴趣，对赣剧却始终没有热情，虽然也收到过一些以前的手抄戏本子，从来没看进去过。偶尔剧团下乡，我去看，好不容易分清楚乱弹、梆子、高腔、饶河调、弋阳腔，然而伴奏嘈杂，演员的唱腔和身段都十分潦草，只是将水袖甩来甩去，走走过场，台下零星几个观众，冷冷清清。

"看看我的戏台？"张叔提议。

我们往外走，去看他那些硕大的收藏。

二十座戏台，基本涵盖了本乡戏台的各个建成年份，从明崇祯到民国都有，也包含戏台的各种形制，宅院台、庙宇台、会馆台、祠堂台和万年台，戏台正面多为牌楼式，平地起高台，三五楼不等，屋脊中央插方天画戟，飞檐翘角，檐下挂风铃铁马，天棚中央为藻井，又是雕梁画栋，又是镶金嵌银，匾额上写着大话，如"顶好看"或"久看愈好"之类。年份稍早的，古朴大气；年份越近，越是繁华富丽。本乡戏台这么多，这么丰富，一方面是因赣戏流行，另一方面就是乡村宗族势力盛，喜欢攀比斗富，彼村建了个高的大的，此村就要建个更高的更大的，不肯落下乘，如此戏台遍地开花。文保专家曾花了整两年的时间，走访本乡大小村庄，列出三百三十座古戏台，考其年代，究其形制，申报文保单位。

申报批准之后，几乎每个戏台前都立起一座碑，黑色大理石制，刻着戏台的名字、建成年份、简介。什么也没有评上的，多半是因为太新，或残破得无从修葺。

张叔的这些戏台，一半是没有评上文保的漏网之鱼，另一半是从周边的县市买过来的。他们修造戏台的传统虽然不如本乡炽盛，但同属于赣剧的流行区域，演戏看戏的风气没落之后，这些戏台杵立在村子的中央，正嫌碍眼，不知如何处理，村里人一商量，几十万就卖了。张叔请来古建专家，将戏台拆解成数千个零件，一一编号，运到园子里，像搭积木似的斗搭好。购置成本、人工费用，再加上修缮，将一个古戏台立在这里成本至少百万。二十座，两千万。但古戏台移植到此，脱离它们原来的环境，不再被人注视和使用，也就死透了，只剩个空壳。挤在这个二十亩不到的园子里，往后真就只是日趋残破，回光返照也不会有。

张叔指着其中两座戏台，说："这座汪坑戏台，嘉庆三年建的，我还在下面看过戏；这座流花邨戏台，1923年建的，当时一个富商从上海返乡，捐建的，钢筋水泥结构，里面有些装饰是西洋式的，游梁上雕了两个卷头发小洋人，可能是天使。我父亲也是戏迷，迷到自己写戏，六几年写了《王进喜》《白毛女》两部赣戏，两三天就演一次，场场爆满，赚了老乡多少眼泪。那时候农民里唱戏懂戏的人多，农忙时忙农，闲下来就串乡唱戏。我看不惯才子佳人、帝王将相，所谓大戏，一唱就是一两天，没有那个耐心，最喜欢丑角戏，《兰继子讨饭》，兰继子跪地一爬，我笑到肚子痛。"

他叫得出每座戏台的名字，也知道它们的来源。

"所以是您父亲教您写戏本的吗？"

"我老爹早死，还没轮到教我写戏就走了，不过他对戏痴迷，收了七八十种赣剧的老戏本子，'文革'期间被抄走了一多半，剩三十本被我姆妈藏在房梁上才留下来。高中的时候学校不上课，没得书读，我白天下乡帮老乡干活，夜里把这些戏本子都读完了，戏本有套路，几十本下肚，要写点什么，拼拼凑凑也就写出来了。"

"《南奔》不是拼拼凑凑的东西。"我自问，靠读几十本戏本子，根本写不出来。

他大笑，说："那时候年轻啊，心里想着一个人，晚上睡不着觉，哗哗就写出来了。"

我爸的表情和张叔有根本的不同，那是在小城市的机关单位里长期闲养出的优渥，一点微小权力灌溉的固执。坐在他面前，还没开口说话就已经输了，虽然无人要和他辩论。

在我爸眼中，我是个彻头彻尾的失败者，在乡间游荡，记录古戏台，只是为了逃避溃败，我躲避着他，也躲避着生活随时落下的责罚。我从外回到家中，已是晚上九十点钟，他坐在客厅里看电视，不开灯，电视里放着电视剧或者广告，流光频闪，声音开得很大，他整个人都瘫在沙发中，像一摊熔化的橡皮，眼神直视着电视，心事重重。自从那件事之后，他一直处于萎靡不振的状态，我的溃败就是他的溃败，"子不教父之过"，我是他口中那个"自私""无能""自甘下流"的女儿，是他倾尽毕生心血打造、功亏一篑的作品。我跌落，我沦陷，我萎缩，我像个高空漏气的气球，终于落到了地面，他苦思着如何重新将我升入空中——这一大块心病盘踞在他的心里，让他日夜不宁。

"爸，我回来了。"我跟他打招呼。

"嗯。"他咕哝着回答，强打精神，"今天还顺利吗？"

"还行，谈不上顺利不顺利。"

"见到你张叔了吗？"

"见到了。"

"聊了些什么？"

"没聊什么。"我说,"我去洗漱了,在外面跑一天,满身是土。"

我爸又咕哝一声,喉咙里涌出不耐烦来,继续心不在焉地看电视。我蹑手蹑脚走进自己的房间,把身体砸进床里,等待他关电视熄灯,我再出去洗漱,以免再见。房间的陈设还是十二年前的模样,我离家后,这里的一切便停滞不前,门后的大头贴还在,抽屉里的 walkman 还能用,书桌上电脑,一切都已老旧,连墙壁都蒙上一层暗沉的灰,用手去抹,指腹却是干净的。是一种整体的褪色,长久无人居住造成的失鲜。打开衣柜,里面还是我少年时的衣服,一件件叠得整齐,散发着樟脑味,我把旧衣服扔了,再把现在的衣服展平,烫挂起来,也把一些书放在床头,但还有一大堆东西仍在行李箱里,没必要拿出来。这是一片久无居民的废墟,我像个入侵者占领这里,却只当是暂时休整的营地。初回小城头几天,我爸问我这次待多久,我说,没想好,也许很短,也许很长,也许再也不走了。我爸用惯常的痛心疾首的口吻说,怎么没有一点计划,总是走一步算一步,像个无头苍蝇,你小时候做事像个小军师,可不是这样。

之前回家,来也匆匆去也匆匆,长则十天,短则两天,活动范围仅仅局限在家附近,回来倒像是心情不甚放松的度假,或短暂地进入到一场家庭情景喜剧,扮演属于我的角色。我知道家乡山川大变,风月全改,却总未有个全貌的认识,所以初回来几天,只是开车闲逛,辨认新出现的楼盘,新铺设的道路,曾经的荷塘稻田溪流,悉数消失,高楼取而代之,记忆和现实对照之时,记忆面目全非。我去看了曾经就读的小学、中学,它们还在,周遭的景致已经全部变化,两棵千年古樟树被伐了,学校旁骇人的铁轨也早被拆除,校外灰色的职工楼全都不见,换之以一片绿茵草地,变得整齐开阔,却也抹去了许多微妙的堆叠其中的褶皱。才十二年而已。我沿着一条新开出的道路往前开,原本的山地全部推平做了高楼,整个城区面积拓展了两倍之多,一直开,开到边缘处,便是张叔开发的"金色水乡",那几栋楼远看是桩,打进地里,将后面的山隔成几段,路是无穷,至少再也不会途穷而返。

我在家待了三个月后,我爸开始帮我问一些工作机会,想把我安排进什么工作单位,虽然没有编制,但是稳定,编制的事情可以徐徐图之。在这里立足,一个稳定的工作比什么都重要,一切人事都要被招安进那个错综复杂的体系之中,然后才能安然在枝头结果,安稳活下去。他问我想去邮局还是税务局,邮局更清闲,税务局更有前途,但要自己争,他希望我去税务局，毕竟还年轻，还有机会。我说不必费心，我哪儿都不去，只是暂时不想走。我爸哀其不幸怒其不争，说他搞不明白我到底要什么。我说，爸爸，不必为我做更多了。我爸说，我希望你留下。他痛苦地扭着脸，眉头皱缩成一个"川"字。我安抚他，说，就让我消沉一段时间，让我休息一下，会好起来的。

人的衰老应该是有个时间节点，我爸过了节点，白发、皱纹、斑痕捂不住地丛生，他戴老花镜，下楼梯会颤巍，不可遏止地发胖。独居于小城的老鳏夫，极力遮掩自己的老态，仿佛自己还能再活个七八十年，却越来越成为我未来必须背负的责任。动摇之心有过，为他留下，继承一部分他挣下的版图，至少生活无忧，傍晚还可以陪他一起吃饭散步。这种想法总在涌上来的瞬间就被扑灭，我早就被娇惯坏，一点自由也不愿牺牲。

我应朋友之邀，开始做古戏台的研究，一方面是为了打发时间，尽力把这空荡荡无着落的时间缝补起来，不至于完全虚度，另一方面是为了逃避一切具体的苦恼。我逃避得很成功，奔走乡村，为每一座戏台拍照，考据其年代，补全每座戏台的介绍，为每一座建百科条目，收集被拆除或者倾塌的戏台照片，整理成为资料库，资料库中，另有一百多本民间艺人手抄戏本，也是收集得来。四百多座古戏台，我如数家珍，偶尔还要接待来自外地的文物爱好者，载着他们在乡间游荡，饱含激情地为他们讲解。我建立了本地第一个文保志愿者群，一旦有人动了拆除戏台的念头，我们一群人便日夜守在戏台前，直至命令撤销。在旧有的戏台分类之上，我重新归纳之后又增加了一个新分类"牌坊台"，据此写成的小文在专业期刊上发表。

我剪了一头极短的头发，晒得黝黑，衣着简朴，手脚精瘦，有人给我拍了一张照片，我正站在戏台下，仰头欣赏雕花藻井。这张照片后来成为我的微信头像，仿佛它不是我暂时躲避的溶洞，而是我将付诸无限热情、燃尽余生的事业。我伪装得像个真正的文保工作者。

只是深夜，那些特别稠浓的深夜，一切都被夜色裹紧，拉扯着进入黑暗，刻意忽略的事实才会悄然上浮。我坐在阳台，仿佛被弹出去的一个弹簧，在被弹射出去的瞬间，便开始担心落地——那重重的无可凭依的时刻。奇特的是，在这样的时刻，我最想念的人总是前夫嘉明。

打电话给嘉明是一种叨扰，尤其是夜半时分，暧昧而不合时宜，倒像是我对那场婚姻意犹未尽。犹豫挣扎之后，我还是会打给他，几声回铃音后，他接电话，叫我的名字，一如从前，波澜不惊。那根弹簧，便暂时静止，不会落地。

我们像老朋友一般寒暄，说说最近的人事，我总是忍不住口气雀跃地谈论自己正在做的事情，夸大自己的成绩。嘉明被我调动，口气也很活泼，吐露些琐事烦恼作为交换。如果有第三人在场，一定会觉得我们还相爱着。

可是，嘉明从来不会主动联系我。我需要他，他不需要我。我深知这一点，他只是出于道义，一直在场，帮我平稳度过这段艰难时期。

洛阳宫中遍植梧桐，夏秋之交，梧桐叶子簌簌落下，风卷着到处乱跑。西北角有丝竹声，小皇帝还没休息。六年前，他乳臭未干，牙才长齐，现在也学会了用声音来驱逐宫室的阴寒。太后很少与皇帝相见，只给他安排了几个老师，他要学的东西很多，时间几乎被填满，内官们照顾他饮食起居，以免他被人残害。杨华有时候会在游廊上碰见他，少年皇帝在一群奴婢的围绕下，坐着看鱼，心思重重。自出生起，皇帝从未离开过皇宫，因日照不足而血色苍白，面貌中有五分先帝的影子，却无先帝飞扬的神采，眼睛黑沉沉的，看不出喜怒。幼年时，又差点被人毒杀，侥幸活下来，右足却跛了。鲜卑人个个善骑射，皇帝不能骑马，只在内苑里圈养一百多匹良驹，招呼了十几个少年骑马射箭，他在一旁观看。他也很少步行，怕被人看笑话，去哪里都坐辇。杨华向皇帝行礼，皇帝回礼，柔声问他边陲的兵事，温良恭俭让，像个纯正的儒生。杨华说四海安宁不必担忧，很快略过他，往太后所在的嘉福宫去。往前走时，回头一看，这少年仍旧呆坐看鱼。

太后所在的嘉福宫里总是有僧人讲经，胡太后歪在榻上，半闭着眼，拨动手里的水精念珠。杨华来后，其他人都退下了，只剩下两个丫头在旁侍奉。

你应该多关心一下皇帝，毕竟他是你的儿子。杨华说。

太后说，我每天为皇帝念经祈福，又以皇帝的名义在龙门供养一尊大佛。

杨华说，你应该多见他，多说说话，母子相亲是天伦。

太后说，他已经是皇帝了，是我把他扶上去，也是我日夜操劳，让他安稳地在宫里待着。

杨华说，他还是个孩子。

太后把手里的念珠往地上一掷，珠绳断开，水精滚得到处都是，奴婢们躬身上前捡拾。有一颗珠子掉在杨华的脚边，他弯腰拾起，一步步走到她面前，放在她手心。她说，怪就怪生在帝王家，这里没有情分，一个个只想着算计，这孩子心里也怀着鬼胎，只等扳倒我的那一天。皇帝总有一天会要回属于自己的权力，到时候我就是他的敌人，他会杀了我，就算不杀，也会把我投入冷宫，又或者赶我进寺庙，逼我做尼姑。皇帝在等，在忍，假装与世无争，暗中也在织络权网。他懂什么，我是他的母亲，不是敌人。

你瞧瞧，元怿都要谋反了。她的眼睛红了，嘴唇发抖，从袖子里拿出一封密信，递给杨华。他要反了，要自己做皇帝了，我和我的儿子，要被他杀了。

信是通直郎宋维密奏，都尉韩殊文要起兵谋反，拥立清河王元怿做皇帝，三万大军，不日就要开拔，往京都来。

韩殊文曾在杨华父亲杨大眼的帐下做副将，是个胆小忠厚的人，若说要谋反，借他一百个胆子也不敢。此事要验证也很容易，只需要军中的文书回个信就好了，反还是不反，一句话的事。这个宋维却是个名不见经传的小人物，一介散官，做一些无关紧要的文书工作，也不知道哪里蹦出来的。

杨华看完了信，说，你准备怎么办？

她说，他既要杀我，那我便把他杀了。

杨华说，你我都知道，清河王不是这样的人。

她想了想，又说，是不是这样的人并不重要，元怿现在权威太重，又是先帝的亲弟，总会有人拿他做文章，他便不谋反，也有人要借他谋反，我也要把他从高处打落，免得有人再动心思。你看啊，宫中的孤儿寡母，担惊受怕，日夜无眠。有几个人顾及先帝的情面，有几个人怜惜我们的处境，我们住在这里就是罪孽。这冰窟窿一样的地方，倒是谁都想住进来。

杨华说，哪天也有人参奏我谋反，是不是我也该死了。

太后笑了笑，说，你菩萨一样的人，不会害我。

杨华说，我手里握着兵，我的两个哥哥分驻南北两镇，若要谋反，军队开拔，二十天可以夹击洛阳。

太后说，你不会。

杨华说，万一呢。

太后说，若要谋反，你全家都是人质。我会把你架到城楼上，若进一步，我就杀了你，等你死了，我也给你建一座塔。

话语逐渐狰狞，太后面朝佛龛，在一尊檀香木观世音菩萨前祈祷。那尊菩萨面目依照太后母亲的模样雕刻，头戴珠冠，身披璎珞，眼珠镶嵌黑精，明烛照耀下栩栩如生。在深宫之中，除了佛事，追忆已逝的母亲也是她的慰藉。太后深信,她的母亲是观世音菩萨的化身之一,是她所知最慈悲的人,已证性空舍己度一切有情,正是为了解救身处苦海的她,才做一世母女。母亲去世之后,太后思念不已,为了追福,命人修建永宁寺,她为此不惜花费巨万,透支国库。年年赏赐永宁寺的绢布就有数千匹,僧人的僧袍都用绢缎和毛毡制成,以乌桕和栀子染成土黄色,再用金线锁边。等到母亲的忌辰,僧人们敲满九九八十一下钟,洛阳城中任何一个角落都可以听见。大张旗鼓,豪奢如此,谏言雪花一样飞来,她还是一意孤行。她并非没有善政,譬如选擢人才,抚恤孤寡,执行先帝遗策,另一方面,她也常常露出远超常人的荒诞,万金礼佛,孩子气的赏罚。

更鼓敲了三下,宦官来催促他离开,杨华慢腾腾地起身,心又不舍把她一个人丢在寒窟一样的地方。他让宫人们把盆里的炭烧足一些,加点丁香和胡椒进去,以香味驱散湿寒,屋子里太潮,苔藓都快冒出来了,人久住在这样的地方,心也会发霉,念多少遍佛也不会证悟。

第二天,杨华听说清河王元怿被召入宫,刚入殿,一点没防备,便被几个禁军拿住,绑了手脚,堵住嘴,扔到宫西别馆去了,外设禁军把守,不得命令,不能踏出别馆一步。捉拿元怿,太后找了元乂做帮手,用的手段也不光明,有失体统。元义是太后的妹夫，也是她常常深夜叫去宫里的人之一。像是为了避嫌，太后只让他领了个光禄寺少卿的闲职，同是皇亲，想来内心十分不忿。

元义想直接将元怿以谋反罪杖毙，太后不肯，只说先关着吧，毕竟是堂堂清河王，先帝的亲弟弟，当朝太尉，位列三公，怎么能想杀就杀。元义说，太后就是念着私情。太后笑了，说，念私情怎么了，我和你还有私情，你以后犯了事，要不要念私情？元义不敢再说话，也不敢动元怿一根手指头。

入夜，太后派了宦官过来，一五一十将当日事告知杨华，让他放心。

杨华冷笑说，呵，我放什么心？

宦官呆立不动，也不回话，又不走。

杨华问，太后会杀了清河王么？

宦官答，太后早知您会这么问，如果查明了，她自有打算……

清河王元怿这个人，杨华不太熟，朝堂上常打照面，少打交道，一个司文，一个掌兵。元怿皇亲贵胄，又位列三公，正眼不曾瞧过他。杨华想，大概清河王仍视他为虫豸，不肯和虫豸交谈。都是太后的人，彼此较着一股劲儿，若免不了打招呼，杨华还得给他行大礼，叫一声王爷万安。

虽尽力避免相遇，但偶尔，还是会在夜里撞见，倒像是太后故意安排的。他要大步跨进门去，宦官们把他拦住，指指里面，说清河王还在里面。他只好垂手等待，大殿之间的冷风格外凛冽，寒气穿透布甲，直入骨髓。隔着窗纱，只见屋内烛火闪烁，有铃铃笑声传出来，更多的是嘈嘈切切的私语。他们在聊些什么，肯定不全是国兹大体，总得夹杂一些令人脸红的话；她为什么笑得这么快活，仿佛能看见她整个身子都在打颤。和他在一起时，她的脸总是像凝着一层霜，近年来，几乎不曾这样大笑。他牙齿搓动，厌恶自己如妇人一般心怀妒火，向永宁寺的方向长拜数次，以求宽解。再拨灯火明，才轮到杨华，元怿从屋内径直走出，头昂着，目中无人，即便是夜色中，面色也如玉，果然是魏国有名的美男子。杨华走进去，屋子里烘得暖暖的，她坐在高处，伸出手来，懒懒地说，你来了。他上前，一言不发地接过那只手，握在怀中，那种酸楚感便翻江倒海，几乎让他作呕。他十分确定，自己爱她，如正常男子爱正常女子。

元怿是皇亲里面少有的通文墨的，鲜卑人原是草原上的游民，三世之前，还在茹毛饮血，礼仪都是新近才学，走路的大马步子还没纠过来。许多人还过不惯洛阳城里的日子，仍要在宅邸里搭帐篷睡毡毯，又心性自由，最怕受拘束，只想做清闲王爷。朝廷中，人丁、田赋、兵役诸事，没几个人想管，清河王挑着大梁。他是先帝的亲弟，相貌最像先帝，连平日说话果敢的口气也像极。太后倚重他，拜他做了太尉，朝中大小事都要问过他才做决断。大家都说，假以时日，清河王怕不是要成为周公那样的圣贤。这些自然是吹捧的话，洛阳人说话向来言过其实，三分话说十分满。可要说做官这件事，杨华还未见有人比元怿还像样子，他不好酒色也不好钱财，整日待在门下省里，讨论这个那个事宜，忙得陀螺一样，要是这样他还有时间去谋反，那也真是三头六臂。

要是元怿因此死了，杨华也不可怜。只是太后从此少了臂膀，处境将会更加艰难，更何况以元怿的威望，前朝闹起来，后宫也要着火。他怕她失去依仗，全然暴露在流言前，受满朝文武的攻讦。兔死狐悲，谁也免不去被她摆布，受她牵制，今日元怿，就是明日的他。棋子而已，死活在她一人之手，昔日旧情，你侬我侬，不值一文。

皇亲之间争来斗去，外人本不该插手，杨氏一直追随太祖，手握军权，屡经变革而安然无恙，法宝只有"不争"。但杨华不想让元怿死，他让探子打探韩殊文军中的情况，军中并无异动，韩殊文和元怿没有私下的书信往来，二人甚至没有打过照面，谋反更无从说起。只是最近韩殊文的军队增兵三千,多要了一些粮饷,通直郎宋维便是拿这个做题,告他们串通谋反,其余的例证举不出来,只陈说元怿权势倾天,收买人心,如养虎为患。他虽然官职卑微,却知深宫妇人最怕什么,就算她做了太后,也不过是个妇人,若有人要取她性命,也只能束手在宫门内等着。宋维是元义的门客,元怿一死,是为他搬去绊脚石。

杨华也写了一封密信,将自己所知告诉太后,让她小心元义。太后遣人回复,只有三字:朕知道。

元怿消失在朝堂,据传是旧疾复发,在家休养。可是杨华知道,他还在宫西别馆里,一队禁军在殿外日夜不停地巡逻,不许他踏出一步。元义站到了最前,正是之前元怿所站的位置。卿以为如何?太后微微低下头,向元义询问意见,正如之前她对元怿做的,声调也如出一辙。杨华仍然站在后列,一动不动地看向她,她不再回应。他从来不知她在想些什么,在众人面前,她的面孔似笑非笑——使人无法揣度。或许他为元怿辩护使她生了疑心,以为他站在元怿一边,又或许她只是责怪他的僭越,他本该一言不发。他在翻来覆去地想,细细琢磨,又厌恶自己像妇人一般踟蹰。

接下来是洛阳一年中难得的雨季,多年军旅生涯留下的旧伤疼痛难忍,杨华告了半个月病假,太后遣人送来虎骨粉与龙胆花，这是草原上治疗风湿的良方。她有日子没有召唤他，总是和元乂待在一起。听宫人们说，元乂从宫外找了一队新奇的乐伎，演奏南方盛行的《竹枝词》，又叫了一个杂戏的江湖班子入宫表演，两个人日夜饮酒，趁夜登上了永宁寺塔；又请能工巧匠在宫中搭出一个微缩的洛阳城，捏出无数活灵活现的小人，指坊市给太后看，那里人头攒动，热闹非凡。为了方便偷欢，元乂以巡夜的名义，直接搬到了宫中的一处空屋。

老臣崔光带领众臣上奏，请太后顾及宗室颜面，别做太过分的事。她那一股犟劲上来，还给元乂升了官，许光禄卿在御道上骑马。元乂以精铁做马掌，夜晚奔过御道，都会在道路上擦出金色火花。

元乂自小疏于管教，斗鸡走狗长大的，大字不识一筐，喜热闹好奢华，尽追逐些奇淫巧技，一味用这些东西来讨太后欢心。谈吐、学识、名声，不及清河王远甚，只因取了太后的妹妹，做了太后的妹夫，才恩宠加身，权势隆盛。他有个笑柄，常被洛阳人拿来取笑——太后带着众人路过内库，让随行的几位王公入库取些绢帛做赏赐，别人都取几十匹而已，元乂一人取了二百匹，尤嫌不足，又返回去拿了一次，一人之力，取了五百匹绢。众人都说，贪财到这种程度，哪里是王公该有的样子，比乡野村妇还没见识。他本来就统领了禁卫军，又在门下省任要职，文书也不会批，只会打勾画叉，人心不服，这么一番大折腾，长久只怕生变。

杨华想着元义那个骄横的模样，心里便不痛快。

雨水让人腻烦，人闷在屋子里发霉，不能出城散心，马儿都出膘了。他与阿保下棋打发时间，一整日两盘棋就过去了。雨水中，各个寺庙的檐铃声愈发清脆，有儿童卖花的叫卖声从墙外传来，一声声又远。阿保问杨华为什么愁眉不展，杨华说，突然想起从前在军营里的生活，每日操练，夜晚和部下们饮酒，大雪之夜，有贼寇来袭，操一把刀就冲出去，追出几十里，杀了再回，热血在雪地上沃出一片红迹，那时候多自在。阿保说，爹现在不自在吗。杨华摇头。阿保笑说，那仍回到军营中去，把阿娘和我都带走。杨华把阿保带到窗前，指天上飞过的鹰给他看，这些鹰都是被驯服了，在外飞不过一个时辰，总要回到主人身边。驯鹰手法教给你，回头你试试。捉来一只鹰，养在笼子里，一开始尽管给它好吃好喝，侍奉殷勤；一月之后，忽然对它冷淡，不给吃喝，也不许睡觉，凭它如何叫唤，都不会理会，等它奄奄一息时，又殷勤起来，如此反反复复，小半年就可以把鹰驯到全无火气，只剩下谄媚。它也再飞不远了，一辈子落在人的股掌中。

三月之后，太后下令，元怿谋反一事为子虚乌有，仍官复原职，通直郎宋维因污蔑被贬，发配充军。元义从宫中搬离出去，那队乐伎却留了下来，宫中时不时传出缥缈的弦音。

清河王元怿终于踏出宫西别馆，他的眼睛因为长期幽闭而生出白翳，满头黑发变成灰发，人也瘦脱了相，太后为他安排了辇，他不肯坐，将那群抬辇的宦官撇在身后，独自一人步行回了官邸。探望的人来了许多，都被拒之门外，连太后送的礼物也退了。他将养半月之后，一身紫袍，站回自己的位置——离皇帝和太后最近的位置，元义退到无关紧要的边侧。太后仍然会低声询问元怿的意见——卿以为何如。元怿也会陈说己见，和和气气，恭恭敬敬。似乎一切恢复如常，但杨华又知，什么都变了，朝廷不是那个朝廷，太后不是那个太后，清河王也不是那个清河王。元怿不再独自手握大权，他和太后之间也再无情意，两个人不见的这段时间，互相在心里杀了对方；而元义，一直在清河王的身后虎视眈眈，尝过血的狼，越发凶狠。她在下棋，一步一局地谋，谁也不能赢过她。

漩涡的中心，杨华是小角色，从未进入，却时时被卷得手脚不能动弹。

太后很久没有召见他，宫中的大门似乎对他关闭了，他不大争气地想念太后不施铅华而略显憔悴的脸，想念她涂抹过香脂的手臂和后背，想念宦官们独特的像鸟鸣一样的音调。他有点多情地想，她应该……大概，偶尔也会想起他来，哪一天听腻了《竹枝词》曲，手痒仍想射箭时。

洛阳城内的群鸦总是低压压飞过每个人的头顶。

印有《南奔》的纸经年老化，翻页时如果不小心，会突然碎裂，我只好先扫描下来，重新装订，副本做好之后，原件送回张叔。

张叔说："请你喝咖啡。"

我们在本市最贵的咖啡馆坐着，却点了一壶乌龙茶，从窗外看出去，是新造的公园，树木才种下不久，被暴晒得发蔫，中心挖出一片人工湖，风吹来时波光粼粼。偌大咖啡馆里只有我们两个人，中央空调坏了，发出轻微的噪声。张叔说，想找个茶馆，找不着，八十年代的时候这条街上好几家，喝茶打牌抽烟，还有人票戏，五分钱可以待一整天，大家都很穷，也没有什么事情做。那片空旷的场地原本是一个小广场，有时候会有戏班过来搭台，平常也有人在那里吹拉弹唱，现在竟然变成一片湖，三十年河东，三十年河西，哪里知道是用在这儿呢。

我说，我小时候这条街就倒得差不多了，到〇八年才复建，样式还是老的，建成徽派黑瓦白墙的模样。我不知道本城还有茶馆，以为只有麻将馆，一到下午两点，搓麻声骚动，小城市懒散平静，也透着一股子滞流的腐败气息。

张叔说："以前的乐子不多，看戏是其中之一。"

我说："我知道，我走访乡间，收集了许多关于听戏的民谚，比如，'三天不看戏，干活没力气，五天不看戏，腿脚不下地'，还有'深夜三更半，村村有戏看，鸡叫天明亮，还有锣鼓响'，听起来真热闹。没电视没手机那会儿，要热闹也只有看戏了。老人说，以前的钨丝灯没那么亮，戏台顶上挂了上百个灯泡，舞台四周围一圈，亮起来比白天还亮，灯下热，演员戏服里外湿透了，村民们为了保障供电，整个村的电都闸断，一片黑中，只有戏台是亮的，下面乌泱泱一群人，每个人一条板凳，坐到深夜不肯走。八一年演新剧《桂花香》，女主角冉香桂被恶霸欺压，含恨而死，乡民们给戏里的恶霸角色气得牙痒，几个人冲上台去，把演员打进了医院。"

张叔笑了，法令纹深陷进去，看向窗外，说："那部戏啊，捧了个名旦出来。"

"谁呀?"

"简红珠。"

我也笑了,这个名字太熟悉。在《南奔》的扉页上,工工整整地写着一行字:献给简红珠女士,您的天字第一号戏迷,永远爱您,像爱阳光,张某某。肉麻兮兮,落款正是张叔的名字。

他是为了简红珠才写了这部戏。

赣戏讲排场,没有什么生旦戏,帝王将相题材多,你方唱罢我登场,轰轰烈烈一团火烧,乡民们恨不得台上的人时时翻筋斗。文戏不如武戏,独角戏不如群体戏,小姐戏最没人看,乡民嫌拗造,咿咿呀呀半天放不出个屁。偏偏简红珠能出来,红透半边天,附近几个县市无人不知,她有个外号叫"百里红",还有个爱称"红姑娘",说是红透半边天不为过。八十年代,别处挂历上都是比基尼女郎或者电影明星了,本地卖得最火的挂历是简红珠女士在各个戏里的带妆照。街上兴起录像店,专门会辟个架子,卖赣戏的磁带或录像,正面印简红珠的小像,反面印戏的名字,诸如《白蛇记》《清风亭》《下南唐》《窦娥冤》《芦花河》,因为都是现场录制,当时收音简陋,沙沙哑哑,还能听得到乡人的喧哗和咳嗽,锣鼓与声腔含混一团,词儿听不出来,纯粹是热闹。除此之外,又有唱段精选，在棚里录的，质量高很多。九十年代，这些磁带很是流行，在乡镇中销路极好，几乎家家户户都有一套。即便是现在，下乡时，偶尔也能见到一群老倌老太围在录音机前面听戏，放到她的戏，就"红姑娘"地叫起来。

我见过简红珠的照片，脸圆白，眉毛细长，眼睛微微吊起，说不上十足的美人，只是精神丰沛，眼有金星。令人叫绝的是她的扮相，叫人移不开眼睛，眉眼都被强调了，贴片又修饰了脸型，粉白脸儿，浓淡相宜，倒成绝色。

简红珠刚红没多久，张叔听说有个女的演得好，演新戏《桂花香》，台下一群泪人，哭着喊着不肯让女主角死，闹到台上了，报纸和广播都报了此事。戏中人聚散无常，大喜大悲，乡民向来日子苦，但又不自觉苦，还替戏里的人哭。这出戏人们百看不厌，看得滚瓜烂熟，简红珠去哪里，他们跟去哪里，吃住都在戏台边，一直到演完了才回去，天大的事也往后靠，热情比现在追星的人强多了。张叔在台下，钹子一响，人都哄到台前，他只好站在后面，探着头，也想看看这女的有什么本事。他平日不看戏，只是好凑热闹，一开戏，戏台边是半个市集，有些平常吃不到喝不到的，还便宜。

那天演《芦花河》，是个老戏。开头是薛丁山樊梨花西征苏宝通，路途中樊梨花收服山贼薛应龙作义子。那薛应龙是个少年英雄，武艺高强。樊梨花派他去探苏宝通营地，谁知道中了埋伏，薛应龙在芦花河落败，饥渴之际，走入一座山中小屋，屋内只有一对父女，父极老丑，小女儿却生得十分动人，老父将女儿托付给薛应龙，当天两个人便成了亲。三日之后，薛应龙辞身回营，新婚娘子设酒席钱别，点化他，说：我本是白龙公主，命中与你只有三日夫妻情份，日后你归神位，就做这芦花河河神罢。薛应龙回营之后，再次夜袭苏宝通，果然战死。

简红珠演白龙神女，出场时手执拂尘，一身灰素的道姑服；见了薛应龙，旋即换成红嫁衣，三天之后，又穿一身素衣裳，腾云而去。

张叔说，当时一见这人出场，脚不沾地似的，头皮都发麻了，她一开口，人酥一半，不是唱得好不好，就觉得这是仙女下凡，旁边全是素面黑脸的朴素村妇，一衬托，更看不厌。这人真是为戏台生的，别人站在上面，大家知道是演戏，她一上台，举手投足，分不清是戏还是真，整个人都嵌到戏里去了，至于她比别人好在哪里，又说不清，就手指上、脚底下、腰间多一点小动作，眼睛又亮，处处传情，隔着老远都能感觉到。她那略走板的唱腔也极有特点，声音也不是一味的高亢，但足够大了，细长婉转，在人头顶盘旋一会儿，然后哧溜一下像条小蛇钻入人心。这风采，使人想起五十年代最有名的赣剧女伶潘凤霞，扮相又比潘好十倍。

他在台下站了三个小时，浑然不觉疲惫。戏演完，红姑娘返场唱了两支饶河调小曲，下台了。好多人往上丢角子钱，硬币落在木地板上，小雨点子的声音。

张叔迷了心窍，沿着窄梯，走到后台去，空间狭小，只二十平，刚演完戏一团混乱，墙角堆满了装行头的箱子，空气咸重，还有股陈年尿骚，墙根上漫上来的。戏台子平常不开，乡民们就在墙根撒野尿，日久天长，味道散不掉。他往里走，快走到化妆台边，有人拍他肩膀，问后生找谁。他支支吾吾地说，红姑娘。那人大嗓门嗷出来："红姑娘，有人找！"里面一个细长的女声回应："谁呀？"他一听全身都抖起来，天旋地转，赶紧冲出门去，狂奔几里，头也不回。跑停了，一头栽到地上，硌碎半颗小牙，昏睡恍惚中听得有个女人说"我本是白龙公主，命中与你有三日的夫妻情分"，他却不知道怎么回答，也想不到戏里的薛应龙说了什么，醒过来已经半夜，捂着血脸往回走。

后来他也加入到串乡追戏的人群中，听得哪里有红姑娘的戏，骑上自行车就过去。那年张叔十九岁，血气方刚，在帆布厂做轧布工，三班倒，为了看戏，他都选凌晨三点的夜班。这样看完戏，再骑上几个小时的车回去上夜班，还赶得及，上到中午，回去睡一觉，七点钟醒来又去看戏。三四个月下来，走路打飘。每次站在台下，红姑娘一出场，他心怦怦乱跳；红姑娘眼波一转，他也觉得是在瞧他。是相思病，茶饭不思，但又不可解，夜里梦见红姑娘拨开帷幕，探出半个身子，他追过去，帷幕后面却是深渊，猝不及防跌落。

张叔说："我好色，三任妻子都是大美女，我还喜新厌旧，还始乱终弃，还见色忘义，但我对简红珠没有过一丝邪念。"

我笑个不停，心想着这大叔真够俏皮，比我爸有意思多了，说："你没想过去追求她？"

他说："她是白龙神女。"

我说："您也不差，少年英雄薛应龙，戏里白袍紫金冠，玉面长身好小生。以前追您的女孩子肯定很多啊。"

张叔得意，说："还真不少，当年我穿白色衬衫骑自行车，从路上过去，都有女孩子在路边看，给我说亲的人也没停过，可我满脑子都是红姑娘，只好一个个回绝那些姑娘。有次，我在路边见到红在买鱼，扎了个紧紧的麻花辫，垂到腰，我蹲在一旁假装买鸡蛋，听她细声细气地跟人讨价还价，还了一分钱，将鱼买走，正脸都没瞧见，心还是差点跳出来。

我想跟她走一段，可一扭头，人已经不见，我失意得很，那个卖鸡蛋的问鸡蛋还买不买，我一赌气，花了半月工资，把一整筐都买走了。"

关于红姑娘有很多传闻，传说她是浙江一个戏班跳槽过来的坤旦，在衢州徽州一带早有名气；也有说她是戏班班主养大的弃婴，被选来继承戏班的；也有说她和好几个人处对象，又和同班的小生有说不清道不明的关系；也有人说她是三十岁的老姑娘，只不过长了十八岁小姑娘的面孔。还有就是，简红珠再红，又有什么可得意，戏子嘛，下九流，男人们谈起她，口气都不庄重，还是想和她睡觉，主要谈的还是她遮罩在隆重戏服之下的那部分。

关于简红珠的真实年纪，张叔知道，还是一个警察朋友告诉他。简红珠生于1962年，比他大四岁，成为"百里红"那年二十四岁，本地某乡人，父母农民，有三个弟弟，没结婚，其余一概不知。

他知道简红珠在福利院有个住处，农忙了，戏就闲了，红姑娘会在那边住一阵子。她向来独来独往，二十来岁不嫁，已是老姑娘，又是戏班里混大的，是非谣言浑脏，大家都说，她私底下不知道检验了多少男人，漂亮女人理应是乱的臭的，不然白长那么漂亮。他当然知道传言都是假的，是许多男人的白日梦,但他又隐隐希望是真的:她对男人索求无度,像一道不规矩的艳光四处照射,偶尔也照到他身上。

也有过几次偶遇,看见她走过来,掩住心中狂喜,假装不经意擦身而过,再扭过头看她的背影,看她施然走远,憋着的一口气才长舒出来。他也见过夏日傍晚,红姑娘洗完头发,散着一头蓬松如黑雪的长发在巷口吹风,头发原来比雪胖的膀子还性感,过路人的目光都被缠住了,他也不例外,边走边看,直至撞上电线杆子。简红珠浑不在意,这些蚂蚁般的目光根本爬不到她的脚边,她只是又接受了一次司空见惯的瞻仰,等到发梢吹透,她麻溜地把头发绑了个长马尾,收起马扎,回房去了。

他也想过仗着年少的孤勇,冲上去与她说句什么,却找不到由头,要么太轻佻,要么太郑重。他写了很多封信,一封也不敢发出去,写完了撕碎,撕碎了再写,反复之后,便没有什么可说的,只剩下漫长持久的焦渴而已。他也想送个礼物给她,又觉得没什么能配得上她。她是怎么都好,在台上满头珠钿很合适,到台下,不涂抹的时候,清汤寡水的样子也是好看。他被迷了心窍,还想飞到天上把月亮摘给她,月亮只有一个,要摘的人千千万,还摘不到,只好攒了六七个月的工资买了一块春蕾手表,陶瓷表盘和一角钱硬币差不多大小，嵌了六颗小钻，最秀气时髦的款式，一直放在枕边，想着她在戏台上，云手时露出手腕晶闪闪的模样，却不知道该如何送到她手上。做什么都唐突，都不足，只好什么都不做。我在一旁听得着急，恨不得穿越回那个时候，帮张叔把表送了。

张叔说："你们小年轻听我说这些话酸不酸？"

我说："不酸，但是着急，我们都直接上。"

张叔笑呵呵地说："我跟你说这些干什么呀！"

只是有些怅然，我爸这两年也总和我说他年轻时候的事，给我看他二十岁时写的诗——那时候的诗是最好最水灵的，过后不是写不好，而是直接干涸，写不出一个带灵性的字。人开始衰老了，年轻时候的痴狂才显出鲜亮，一去不再有，张叔也开始老了。

我问张叔："现在还看戏吗？"

张叔说："不看了，看不进，嫌吵闹。我一直不爱看戏。"

"那你花那么多钱收这些古戏台来，总不至于只是放着看吧。"

"是以小博大的生意。"

"什么生意？"

"你以后就知道了。"

我说:"我还以为你是为了怀念红姑娘才弄的这个古戏台园子。"

他笑着说:"一点点。"

手表送不出去,但张叔还是勉强寄了一封信过去,信上问红姑娘好,并自封她的天字第一号戏迷,一年间,从没有落下过她演的一场戏。红姑娘全年演了四十多场,平均一个星期一场,逢年过节则天天都演,只要她在台上,便是神采飞扬,不露疲态,可惜没有发给戏曲演员的劳动奖章,不然非她不可。他心疼她,知道她的辛苦,假戏真做累。信没有落款,也没有透露更多信息。他想象着,这封信与其他人的混在一起,被红姑娘的纤纤素手一封封地拈起来,拆封,展开,阅读,他就完成了一场单向的倾诉。写了第一封之后,又写了第二封,每天入睡前,拿起笔,坐在窗前写信,又不敢写得太热烈,也怕写得太具体,叫人猜出他的名字,写完再工工整整地誊抄一遍,寄出去。两三个月间寄了十几封信,落款都是"你的天字第一号戏迷"。再要写,拿起笔,已经不知道有什么可说,该说的话都说尽了。那些天如开闸放水,人也熬到形销骨立。他看着那块春蕾手表,想着还能为红姑娘做点什么,一眼瞥见他父亲留下的几十本戏本子,心里波光粼粼,有风吹过去,他要为她写一部戏,只许她来演,才不负这"天字第一号戏迷"的名号。

红姑娘要真能演了这部戏，一字字落珠玉，念出他写的词儿，他会在台下发抖。张叔将老戏本子抓来读了两遍，搞清楚格式，从会计那里要了一摞废纸来，开始下笔写，期间除了上班，刨去吃饭和睡觉，都在宿舍里涂涂抹抹，其实他根本不知道应该写些什么，脑中千丝万缕牵不出一条线来，他总是想到红姑娘，却只是很模糊地想，想她在台上一步一停一盼一顾，没词儿，开口是哑的，他在台下着急，喊着"唱啊！"可红姑娘只是定个睛，出场又退场。

他不知道应该写什么，时常在文庙书市上找些能看的书，什么《七侠五义》《隋唐演义》《三国》翻烂，还有"文革"之后流落的手抄书，作者不知是谁，内容是毛毛涩涩的色情和凶杀，除了这些，还有摊主们藏在隐蔽处的古籍，大家还不习惯做生意，大部分的东西都藏着掖着，以备随时逃走。做生意背负着投机倒把的罪名，但书摊还是越来越多，越扩越大，直至将文庙所有的空地占满，书摊之间，只留出两尺宽的窄道，他在窄道上穿行，思索应该写些什么。他脑中有一个模糊的构思，要写一个高傲的女人，有点阴鸷，甚至疯癫，她高高在上，她为所欲为，像摆弄玩偶一样摆弄男人，但男人们都爱极她，愿意为她死。红姑娘是原型。寻觅多日之后，他从一个老者的手中买到一本无名氏著《戏说南北》,翻到了北魏胡太后与大将杨华的故事,才找到故事蓝本。他把自己想象成杨华,站在低处,不断地怀想那个遥远的女人。他任何时候都带着纸笔,害怕有什么要紧的思绪偷偷溜走,他不停地写,如同被什么追赶,有时候却在台前枯坐整夜,文思顺畅的夜晚很少,每一晚都极其珍贵,总得多写一点。其实他也不知道写来有什么用,不知道写出来能不能演,不知道她能不能看到,只凭着一口气不断,像是一场长跑,跌跌撞撞只为抵达终点。偶尔,他会想到,红姑娘在台上唱他的词,他对她的唱腔熟稔于心,便似真的在耳畔听见,在心胸间回响不绝,这时候他和她站到了一起。他写完了,花费了近一年的时间。

写完之后,立刻向单位请了三天的假,卧在床上不吃不喝痛睡三日,醒来时一身骨头散架,强撑着起身,突然一口腥涌上来,吐出一口血,幸好同事听见动静,砸门而入,把他抬到医院,一检查,上消化道大出血,长期胃病不治并营养不良,一个一米七的男人,体重只有九十三斤,剩一把骨头一张皮,谁也不知道这年轻人怎么把自己熬成这样。他在医院里,之前强撑着不倒的那股劲儿卸掉了,才觉得身体不好,全身绵软无力,下不了床。白天精神头还行时,他坐起来，拿纸笔誊抄戏本，晚上腹痛难忍，轻轻地哼几段《珍珠记》：

乐莫乐于老夫妻，悲莫悲于生别离。不辞跋涉三千里，欢喜相逢会有期。

病房里的老人家跟着他一起哼，间或几声痰。住院半个月后，带出来一本二十折的《南奔》，他请人帮忙用油墨印了五份，每一本都用张硬纸做了封面，签上自己的名字，用花纸包了一份，写了胆大包天的告白，寄给简红珠。

张叔苦笑地说，后来才知道简红珠不识字，她的词都是别人教的，一句句硬背下来，难怪她总是唱错。那些信，薄纸上整整齐齐的方块字，排列组合，无数个夜不寐，莽撞的热情，蜿蜒曲折的心思，她看不懂，自然无从领会。

两代人，似乎是连基因的底都撬翻了，变成了两种截然不同的动物。

张叔陈说往事，当年他对简红珠单纯热烈的向往，我已视为人间奇观——竟然有人可以为另一个人如此痴狂，仅靠想象，陷入无法自拔的爱恋，写出全本大戏，至于对方真实的模样，反而是次要的，就像是对着山谷高唱，明明回声也是自己，还以为那头有人回应，喜不自禁。这种事情，绝无可能发生在我们这代人身上，我们奉行精简和量入为出，爱是一种早已失去了狂热和幻想的事物，逃避了剧烈和动荡，时间很宝贵，一步也不能踏错，很少左顾右盼，遵循既定的道路。即便没有明确的目标，也有明确的方向。人必须像一支离弦之箭，计算着力量、风速、流线，准确地中靶，脱靶是可耻的。开弓没有回头箭，向前，向前，向前，从离开原点开始，就不会回到原点。

我是这么以为的，我爸也是这么认为的，所以那会儿我和嘉明订婚，我爸高兴得一宿没睡，半夜跑到街上遛了半宿——我将成家立业，而且是在上海。第二天，他坐火车来上海，我去车站接他，他拖了一个大行李箱，里面除了几件换洗衣物，便是带给嘉明父母的家乡特产。我说，不必带这些，他们也不喜欢这些东西。我爸住在我们新房附近的酒店，他执意要定一个五星级的酒店，住一夜要花去他一个月工资的三分之一，入住时，他把卡交给前台，吹嘘了一遍他是银行的金卡用户。我知道他的意思，小地方人，要撑一个架子，以免被嘉明一家看不起。嘉明还是笑了，我爸从钱包里拿出工资卡，小心翼翼交给酒店前台的样子确实滑稽。晚上一起吃饭，嘉明的妈妈穿了一件红色真丝连衣裙，他爸爸穿了一身灰麻西装，两人笑意盈盈。我爸爸夸赞，好漂亮，像是电视剧里走出的人。那顿饭吃得并不愉快，因为我爸爸喝完酒之后，无法遏制的表达欲在桌上溢出，滔滔不绝，其他人都闭了嘴，听他一个人说，言语之密，一句话也插不进去。他说，他这唯一的女儿是如何聪慧，自小出类拔萃，父女相依为命，度过艰难岁月，然后我像鸟儿离巢，飞离他的身边，飞到了上海，他之前很担心我无法立足，又担心我真的扎根，再也不回去，那就剩他一个孤老，每天卑微地往东边望一眼，就当是相见，那种忐忑，他不能说，说了别人也不懂。他终于哭了起来，扶着桌子，不肯抬头。六十岁的人一哭，场面尴尬，嘉明父母面面相觑，精心的着装一下子暗淡，他们只好告辞，让我和嘉明守着我爸，等他哭完，送他回酒店。

嘉明很耐心，为我爸洗过脸，盖好被子，我在一旁看着他做完这一切，然后一起离开酒店。嘉明说，你爸刚才说那些，我听到后来都快流泪了。我说，我爸喝完酒之后就这样，希望你爸妈不要介意。嘉明说，我爸妈懂的，我提前跟他们打过招呼。我说，你打什么招呼。嘉明说，上海人一起吃饭就是客客气气。我听这话,知道他们已经奚落过我爸,大约用上了那个刻薄的词"乡窝宁",我知道他们没有恶意,但还是忍不住快走几步,将嘉明甩在后面。

算起来,虚长三十岁,当年去杭州读大学,我爸送到学校,提前两天到,一起去上海逛了逛,先去了外滩,我爸说,这黄浦江脏脏的有什么好看,顺着外滩走入摩肩接踵的南京东路步行街,坐地铁去了陆家嘴,在高楼之间的天桥上迷了路,碰见一群下班的人,忽然衣冠齐整地从大楼走出来,我们趴在栏杆上看了一会儿,这样的景致小城市从来不曾见过,那些昂首阔步的男女像是一种新的物种,每个人身上都有一层淡淡的光环。父女俩被灌了迷魂汤,我被激发出斗志,想着有朝一日我要出入这样的大楼,穿这样的衣服,用这样的步伐走路,蜕变成和他们一样的新物种。我爸钱包出血,请我在和平饭店吃了一顿西餐——我们连刀叉都不会拿,只能偷偷瞄着隔壁桌,笨拙而匆忙地吃完那顿饭。他在高楼大厦之间转晕了,也被玻璃大楼照花了眼,说这地方厉害,要拔尖才能立足,小地方人要留下来,还不得脱一层皮。

那番艳羡的话距今已有十二年,这一离乡,不知不觉过去这么久。后来我大学一毕业,就从杭州到上海,在上海工作,错过了上海房价起飞的那几年,突然之间,要在这里立足，脱两层皮也未必能留下，只能勉强过着饿不死的日子。我爸来看我，他忽然兴起，提出要陪我去看看房子，我们在东西南北，中心郊区，看了两天，他跃跃欲试，近似于赌徒心态，说要将老家的房子卖掉，给我凑个首付，父女俩一起还房贷，就像是跟未来打一场仗，无论如何艰险，总有一点赢面。我听完沉默很久，说，爸爸，你老了，不要再搭进来。我爸长叹一口气，说，我们太老实了。我说，大不了到时间，我回家陪你。我爸说，开眼看世界，你不会回去，想着走更远吧。我实在没有更远之处可以去，他回去后，我低落了很久。

嘉明进入视野是个意外，上海人，比我大六岁，是朋友介绍，我一看照片，五官柔和，面目白皙，微微发福，知道是个安分的人，提不起兴致，但又不好拂面子，还是见了。我喜欢那些峥嵘浓烈、一角长在社会规范之外的人，我被异质深深吸引，但这样的人往往不好相处，感情多是虎头蛇尾，或者无疾而终。

初见时，我笑话嘉明，有个最庸俗的小说里的男主角名字，以至于一听这个名字，脑中已经有一段扭扭捏捏都市男女烂俗剧本。嘉明笑着说他不读小说，不知道剧本怎么写，让我讲讲。我说，也没有什么可以讲，很糟糕，都市男女精神贫瘠，感情也很糟糕，像两股污水汇合。嘉明说，你把自己摘出去了，自认不是都市男女。我说，我不是，我骨子里是淳朴天真的"乡窝宁"。嘉明笑着纠正我的发音，让我不要噘嘴，发音要短平快，重音在"宁"。

两个人喝了咖啡，逛了复兴公园，正巧春末夏初，公园中月季花开得炽盛，每簇花前都有写着品种的小卡片，逐一看过去，认得了七八个新品种，没有什么多余的话，都知道不是一路人，只是出于礼貌互留了微信，回头便将对方删除，不出意外，彼此不会再联系。小半年后，因为工作关系，又见一面，一起吃了两顿饭。我们俱被一种年纪已到与使命必归的紧迫感追逐，又不互相讨厌，几次长谈，彼此竟然建立起一种老友似的感情，浑浑噩噩就定了下来。事后嘉明说，他比较过，周围没有比我更好的选择，年纪、学历、样貌、性格，他说完就笑，明明如此熨帖，为什么他对我不动心。这话曾经让我彻夜不眠，一想到他像是在菜市场买菜一样挑挑拣拣，最后像选新鲜黄瓜一样选择了我，便觉得不忿，更索然无味。但我也不是什么好东西，我告诉我爸，我有了一个上海男友，工作稳定，大概率还会结婚，我爸的兴奋从电话里透过来，他说，人怎么样。我说，挺好。我爸又说，他家人怎么样。我说，都是很有教养的人。我爸又问，家庭条件呢。我说，中等偏上。我爸说，那可以留下来了。我们刻意回避了其中交易的成分，也不谈感情，淡漠得像是讨论一次以物易物，小杠杆撬大杠杆。我随之如释重负，似乎有一块悬在头顶的石头终于掉落下来，没砸到我，我不必为了留在这里而扒去一层皮，只需要靠着婚姻就把难题解决了，那些实际的困难，户口、房子、钱，拦路虎都被轻轻扫去，婚后的道路似乎也成一条坦途。

我们外地人坐在一起，总是免不了谈论是去是留，除去那些家庭条件特别优越的人，其他人要真正留下，便是原地起跳去撞天花板，非到头破血流不可，能撞破的是少数，天赋异禀，或是撞了大运，或者熟悉社会运行的整套规则，在规则间如鱼得水，姿势并不好看，各种艰辛也难与外人道——这便是脱皮的过程；有些人想开了，不执着，像是真的开悟，及时行乐，随波逐流。我原本是后者，积蓄少，工作没有起色，后来我一直买彩票，什么福彩、乐透、足球，都买，每个月两三百块，能买一个很大白日梦。我也不去想这梦的内容到底是什么，但我分明已知，十多年前，在陆家嘴所见的景象是幻想，并没有什么新物种，只是众人一起编织的海市蜃楼而已，我走到这里，强弩之末，不中靶便是脱靶，脱靶之后的飞行，令人恐惧的高空降落，需要拿半生去偿付。我很少再参加外乡人的聚会，因为我很快没有了去留的困扰，嘉明是我的救命稻草，但我害怕听到其他人说出"你找了个好丈夫"这样的话，伤自尊，也带着道德负疚，仿佛自己是个投机商人，靠着小聪明赚来不属于自己的东西，我们这样的人最怕被人戳穿——偏偏一而再再而三地听见。

嘉明的父母疼孩子，卖掉一套房，为我们在浦东置换了个略大点的房子，我家也象征性地出了一点钱，以免显得一毛不拔。我爸更高兴，直说我命好，不费吹灰之力，什么都齐全，哪里寻得这样的家人，简直像是恩赐。我说，是恩赐，沾了嘉明的光。我爸说，你不要把自己看得太低，你也很好，不然他们不会选你。我说，对，他们选我。

我和嘉明感情一直很好，好到形影不离，也从来没有过口角，我们彬彬有礼，我们举案齐眉，我们只是欠缺一点激情。或许有过，只是太短暂，还没有意识到就消失了。嘉明性格温和，极端理性，几乎没有过情绪波动，所有的问题都可以解决，理性才可以让一切价值最大化，事物可以拆解成利弊，情绪妨碍判断，需要尽力摒除，这样才不会犯错。因而他的语气总是很平淡，似乎早就洞悉一切，也没有什么会让他感到激动，不知道是天性还是后天养成，这也是我钦佩他的地方，相处很久之后，我甚至喜欢上他那机器人似的混杂着播音腔的声线。

我们也曾用十二分的力气做爱,想把自己嵌到对方的身体里去,却总是鱼撞到网一样,最终被无聊和困倦捕获。一般来说,男女之间总得有个三四个月甜蜜的时段,我们没有,荷尔蒙还没滋生出来就消亡了。不过也没有什么,哪有十全十美的事儿,我们是妥协的因和果,是两股污水合流。

三年之间,若说有什么变化,就是宫墙的黄灰剥落,墙角长出瓦松,往年每到立春前后,黄门们会在宫墙上爬上爬下,拔去野草,用姜黄拌上石灰,重新粉刷,在日光的反照之下,王宫熠熠如新,散发着淡淡香味。有老人认为这是宫中礼法松弛的征兆,先帝在的时候,从来没出现过这种情况。这几年间,坊间一直盛传魏国即将大乱,北边蠢蠢欲动,宫中妖妇乱政,还有其他祸兆——去年,洛阳地裂,一条大缝衍伸半里,有人从缝中看见一只黑龙缓缓向东爬去。

太后让人彻查这些妖言的出处,最后因为传言流布太广不了了之,只好下令,再有人传播谣言,就拔掉他们的舌头。她又召唤了杨华,宦官再次来到杨家的大门口,窦氏小声咒了一句:"佛呀,怎么不死。"杨华换了一身衣服,跟随宦官的宫灯走入宫门,灯火忽明忽暗,亦如他的心情。廊腰缦回,整三年不来,他已经忘了路径,在长廊与宫墙之间迷了路。到了嘉福宫前,里面传出压得很低的丝竹声,他走进去,那女人仍坐在灯下批阅公文,角落里坐着几个昏昏欲睡的乐伎,奏着低哑的调。她头也不抬,说,你来啦,怎么离得那么远。杨华走上前,凉意从地底渗出来,原来铺在地砖上的皮草都被撤下了,裸露出青黑色的地砖。火盆多了好几盆,屋子里虽然暖和,却叫人喘不过气,她已经倦于对抗宫中的阴寒,也没有了耐心为偶遇的鬼魂超度。她伸出手来,杨华接住,只觉得握了一块冰。在朝堂上仍然日日相见,三年来从来没有靠这么近,她的手指仍然瘦硬,堪堪见骨,脂膏淡淡的香气扑入鼻中。

太后还是这样,一点都没有变化。他的语气恭恭敬敬。

面目没有变化,白发如杂草丛生,我已老了,幸好不必再与人争宠。太后说。

他知道她一定有事相求,不会平白无故把他叫来。

一个月后,我要和皇帝去嵩山祭祀,我想你带兵随行,保护我和皇帝。她说。

杨华说,为什么不叫元义做护卫,他现在统领禁军,护卫选他才理所当然。

太后说，我怕他在半途中杀了我和皇帝。

杨华说，他是你的妹夫，皇帝的姨父，做不下这样的事，再说，你不是最信任他么。

太后定定看着杨华，继而大笑起来，笑声尖锐，盖过了丝竹之声，她笑得弯下腰去，捂住肚子，似乎久未这么开心。笑声终于止住，她说，算起来，元义还是清河王的侄儿，可是他天天想着要把元怿杀了，等着吧，终有一日，他们之间终究会死一个。当年我打压元怿，提携元义，元义就是我养大的狼，时间久了，必会咬到我的身上。当年之事，元怿恨我，他们两个，我谁也不信。

杨华说，那你信我吗？

太后笑笑，说，你忠厚。

她从台阶上走下来，将一块玉符交到他手中，说，以后宫中若有人要杀我，你救我于水火，保我平安。

杨华唯有点头。那晚，他在嘉福宫待到四更，却没有爬上太后的床，他们在灯下执手相谈，像真正久别重逢的老友。太后说起她在临泾度过的少女时光，她是家中的独女，做男孩养大，夜晚她从家里跑出来，月光下骑马渡河，马被河水卷走，她被一个年轻牧人救了下来。她以为自己会嫁给牧人为妻，谁知竟做了皇帝的女人，后来，又做了新皇帝的母亲。她很想念临泾，要在那里为父亲修一座塔。那座塔，远近的牧人会当成坐标。当年她被荐入宫中，相貌平平，湮没人群之中，数年无人知晓，她贿赂宦官，假装迷路进入先帝的猎场，靠高超的射术得到过短暂的宠幸，怀上先帝的孩子。当年还有"子贵母死"的传统，妃嫔一旦生出男孩，就必须被赐死，宫中人怕死，一旦怀孕，总是想方设法堕掉孩子。她把这孩子作为自己唯一的希望，冒死生了下来。那时候她总想活下去，便在先太后的画像前祈祷，也写信给先帝，请先帝给她个体面的死法，宫里的毒药太毒，死者面目狰狞七窍流血，上吊的死法也太过痛苦，而且会涨到满面青筋，她爱惜容貌，不愿这样死。先帝想起自己的母亲，十九岁时被赐毒药痛苦死去，满心怜惜，便免去了这条恶法。由此，她才活到现在，又做了太后。

她又笑笑，看不出悲喜，说，要是做了牧人的妻子，没这些勾心斗角，想来也是无趣。

去嵩山的车队浩浩荡荡，宫中女眷尽数出宫，车上系着彩色绸缎，像一队彩色的鱼。太后与皇帝各坐一车，杨华跟在太后身边。难得出宫，皇帝时不时撩开车上的布帘，看两旁的街道，百姓们向车上投掷鲜花和香草。这个少年已经十三岁了，身高颀长，面貌大改，两颌棱角逐渐分明，嘴唇和两腮长出淡黄的胡须。他经历了人事，侍奉他的宫女之一已经怀孕，太后正在考虑为皇帝寻觅一个品貌兼优的皇后，免得他被那些奴婢迷惑。

每次上朝，皇帝仍然像一个木偶端坐，太后坐在他的后面，一道珠帘并不能挡住她的光彩和声音。她平静细弱又不失威严的嗓音把所有人的精神都吊起来，人主该说的话，该行的举止，恩威并施的伎俩，她惯熟了。赋税、兵事、官员的罢黜与升迁她都熟稔，甚至念得出边地一个小县令的名字。她说完之后，皇帝才会发声。皇帝的声音沙哑低沉，与太后的声音截然不同，更多时候，他什么也不说，大小事任由太后决断。皇帝已经长大，给他授课的业师上奏，皇帝聪颖好学，手不释卷，又极为沉得住气，可称中兴之主，德才独当一面，请太后放权，女主摄政太久，必有大乱。太后当时听了，冷笑了一声，说原来海内大儒不光会传道授业，也会溜须拍马。赐他千匹绢帛，即刻出宫返乡，老先生孤身一人离开宫殿时，皇帝并未挽留，那一天他在东宫里大睡一觉，醒来已是天黑，独自在黑暗中坐了一夜，宦官刘腾一直陪着他。

皇帝的沉默里包含着不祥的预兆，他确实不露一丝锋芒，收敛得像一块古玉，使人琢磨不透。杨华想起数年前进宫，在水边偶遇皇帝，皇帝投来的阴鸷目光。引而不发的力量一定会慢慢蓄积，弓拉到快满时，力道能穿破铁甲。

太后可以控制一个三岁的孩子，却无法长久地控制一个十三岁的少年，他很快会长到十七岁，二十岁……终有一天，他的锋芒会露出来，划伤人的眼睛。

抵达嵩山山脚时，众人搭好帐篷，铺好毡毯休整一天。太后难得走向皇帝，拉着他的手，指向山路尽头，说，先帝也曾亲自登顶，这才叫诚心诚意，我们母子勉力为之，不可坐辇。皇帝顺着她的手指看向高处，台阶一层层在巨石上就地凿出，如伏地一条巨蛇伸向云端，不见尽头。

他弓下身体，驯服地说，全听母后的安排。

太后又说，你腿脚不好，还是坐辇吧。

皇帝身体压得更低，说，母后步行，我怎么能坐辇。

他日常小心翼翼掩盖的跛足，要在众人面前彻底暴露。太后正是要人们看个笑话，好打压皇帝新起的风头。她难掩得意，换了一身轻便衣服，开始登山，皇帝紧随其后，其他人跟着，队伍极缓慢地前进。皇帝每向上一阶，那只跛了的足便重重地顿一下，右侧的屁股不吃力，也随之颤抖，整个人像根芦苇秆子，不停起伏。有个侍奉的宫女抬头一看皇帝这副模样，忍不住笑出声，尽管笑得很轻，还是叫人听见了。

太后命人将她架到山脚下去，直接杖毙。那宫女厉声大叫，请求太后原谅自己的莽撞，声音在山谷之间回荡，众人无动于衷，尤其是皇帝，他并不在意众人的目光，只专心地向上攀爬，他已满头大汗，面色只如一张白纸，快到山顶时，虚弱得全身发抖，几乎不能站立，却拒绝奴婢的搀扶，迈动跛足一步步向上。太后先行抵达山顶，随后皇帝也跟了上来。彼此之间未有一话，不言不语地站立，互不遮掩眼中冰冷的狭光。祭司在巨石上割断牲飨的喉咙，血涌出来，流入深涧。呗声中，众人朝北长拜，祈祷大魏国祚绵长，然而那只被割断喉咙的羊却突然跳了起来，向着悬崖狂奔，一跃而下。尽管祭司说，这种事情以前也发生过，无须惊慌，也不是什么祸兆，但当众人回到洛阳，太后凌辱皇帝的事情不知道被哪个长舌之人散布出去，而牲飨跳崖也被看作太后无德带来的灾祸。

　　我讨厌流言，想把所有人的舌头割下来，但又不能这么做。深宫之中的太后如此说道，我和慈悲无缘，念佛是为了压制内心的乖戾。有一天我梦见自己手里拿一把匕首，杀死了睡梦中的皇帝，他颈间的血喷到了屋梁上，我一身衣服都被血打湿。她叹一口气，又说，醒过来，心里不悲，只觉得很畅快，那会儿我就觉得皇帝和我也是你死我活。

杨华也叹一口气，说，陛下不该这么凌辱他。

太后说，我大概真的无德。我厌倦做这个劳什子太后很久了，恨不得把这个国家的姓氏都改了。她顿了顿，向东宫的方向看去，说，姓胡吧，你觉得如何。

杨华听了，毛骨悚然，跪伏在地上，说，太后慎言，这种念头不能有，这种话也不可说。

她笑一笑，说，说说罢了，你回去吧。

杨华退下去，回头看一眼她，她却将头别过去，留给他薄薄的背影而已。

第二天一早，杨华穿戴整齐，正要动身参与朝会，忽然进来一个小宦官，通报说因太后身体抱恙，今日朝会取消，诸位公卿大臣且等下消息。欲再问几句，那小宦官已经骑着马一溜烟跑了。

傍晚又有快马来报，清河王元怿意欲谋反，已被关押在含章东省，圣旨召诸公即刻上朝，商量此事。到了殿上，只见皇帝端坐，而那珠帘之后，竟然不见太后的人影，十年来尚是首次。此时不同往时，见此情形，大家都知宫中已有大变。元义站在皇帝身边，手持一卷供状，将清河王意图谋反的罪状数了出来——

负责皇帝饮食的两个宦官胡玄度、胡定作供，供词上说，元怿用金银财宝收买他们,让他们在皇帝的食物中下毒,想毒死皇帝,自己取而代之,还答应事成之后,让他们享受荣华富贵。

谋逆之罪,罪无可恕。元乂把那供状扔在地上,竹简摔出啪嗒一声响来,竟无人上前捡拾。老臣崔光站出来说,两个黄门空口便可定人生死么,兹事体大,还需细查,也要问问太后的意见。

咳,皇帝轻轻咳嗽了一声。众人的低语立刻停了下来,大家忽然意识到今日太后不在,向来如傀儡的皇帝才是主角。

年少的皇帝说,母后病了,此事由我定夺,黄门胡玄度与胡定自幼在我身边照顾起居,是无二心的忠仆,他们不会口说无凭。元怿把持朝政多年,早有反心,这次人赃并获,按理该杀,谁替他说话,谁便是同党。

元乂重复一遍:按理该杀……便是同党。

朝堂更加安静,一只鹊不知歇在哪个屋顶,叫声宛如"如此罢了",一个鸟儿替众人把话说了。杨华站在后排,抬起头来看了一看,正对上元乂的视线,他那张猪肝色的红色面孔,多年饮酒无度的浑浊双眼,都在强忍得意,以至五官已经扭曲。无声无形的笑回荡在朝堂之上,元乂终于赢了,也说不清他赢了什么。杨华又看一眼皇帝,皇帝也有着近乎一样的表情，少年的两颊竟然泛起微微的红，嘴唇抿得很紧，唯恐笑出声来。他不敢多言，低下头去，不知太后现状，他突然厌恶一直站在后排的感觉，自己所站的位置，屋顶一直漏水。

入夜不久，已有元怿伏罪的消息传来。左右的兵士用麻绳勒死的，用力之大，元怿的头颅几乎断掉，一身绫罗剥掉，换成褐色囚衣，只用一张破麻布裹住，悄悄运到洛阳城南的乱葬岗埋了。刚刚将尸体放进去，地底涌出黑泉，将元怿完全吞没。

知晓经过的老宦官冒死遣人送来密信，将事件经历一五一十地告知杨华——

四更时太后身在嘉福宫，正做朝会准备。皇帝的贴身宦官刘腾指使小黄门胡玄度、胡定作伪供，控诉清河王元怿收买他们，在皇帝的饭菜中下毒。宦官们在皇帝面前长跪不起，痛哭流涕，将这份伪供大声念出来，周围的奴婢听完莫不痛哭。皇帝听完也大哭，说朕日日苦久矣，如芒在背，如坐针毡。他驾临显阳殿，私召与元怿有仇的大将军元乂，将供状交予他，请他协助捉拿乱臣贼子。有人向太后通报消息，太后立刻往显阳殿来，刘腾却抢先一步，关闭了永巷门，断绝后宫与前殿的通路。胡太后无法出来，只好再回嘉福宫。此时，恰好元怿入朝，在含章殿后遇到元义，元怿想进入东阁，元义厉声阻止。元怿尚不知罪名已定，呵斥元义，你想造反吗？元义说，我不是造反，正是要捉拿造反的人。左右的人一拥而上，将清河王按倒在地，拖入含章东省，又派了几十个兵守着，而后的事……皇帝已经下令，撤掉太后所有的奴婢，将她一人锁在嘉福殿内，请她为先帝诚心抄经百遍，备两日后先帝忌日用。

杨华听完头皮已经发麻了，皇帝果然按捺不住，如此果决迅疾。他欲做个真正的帝王，就得把自己的母亲从高处拽下来，还要杀掉自己的亲王叔。可是宫廷之斗，牵动的岂止宫廷，如此暴烈地夺回权力，也必会遭到暴烈的回击。皇帝的面孔仍然稚气不堪，他找来元义做盟友，连太后都对元义千防万防，皇帝怎么可以和他结盟。

送信的人以布蒙面，走路无声，匆匆而去。杨华立在院子中央，抬头望天，竟是满月，略无缺角。她现在一定瞪着那双炯炯的眼睛，大殿之中空空荡荡冷冷寂寂，鬼魂游荡，她将如何独自度过长夜，直视在暗中窥探的鬼魂。

杨华又想到与她有誓，如果她有难，他必冒死救她于水火，保她平安。死不足惧，只是他还没完全做好准备，也不知道这样的争斗到底有什么意义。多年前，父亲教育他和兄长们，男人应该死在战场上，要是悄悄被人抹了脖子，是军人最大的耻辱。城里面手上掌兵者，除了元乂，只剩他，要是从前，他一腔血涌上来，带着人冲进宫里，把太后救出来就是，可是在洛阳待久了，免不了想得多，救出了太后，皇帝该如何，救不出太后，大家却必死无疑，他们的死，还要连着百人千人的死。京城之中，除了清河王，还有好些个王，乱起来，他们的脚也要痒了。

局势复杂，后果严重，凭他的脑子，理不清楚。

他想见她，想知道她的死活，也感到紧迫，事事催逼，须决断。

我在邻县一个名为山川的村庄中找到一座戏台，主体结构为昂贵的楠木，建于明崇祯十三年，在随后的几百年间，内部的小构件不断朽坏，被木匠重修替换，又因风尚的变化，在清中期加上了许多牙板装饰，如同涂抹厚重脂粉的老妇，看着可怜。站在戏台中央向上一望，又是一件缀满补丁的华服，因为多年失修，已摇摇欲坠，感觉用手一推，它就哗啦倒了。

与其让它倒塌，不如让它变成标本。我希望张叔能够买下它，把它放进他的"游乐场"里。张叔说，行啊，过几天就操办吧。意想不到的是，之后连续四天暴雨，山川戏台悄然倒塌，有人趁夜偷走了楠木的梁柱，我们赶到现场时，所见已是一地瓦砾，断壁颓垣顽强地支棱着，不肯倒下。我在瓦砾里走了走，踩碎了几片碎瓦，一根铁钉穿透鞋底，扎进脚心，血汩汩涌出，滴得到处都是。我坐着张叔的车去医院打破伤风针，痛得要死。入夏以来，很久没有下雨，攒了一个月水汽的暴雨，轰然落下，冲毁人间。我在雨中变得脆弱，不停地哭，张叔以为是痛，我说没有痛到那种地步，就是突然感到厌倦，不知自己因何在此，也不知道往何处去，心头的一股热意也跟着戏台去了。一旦失去了观众，戏台的废弃只是时间问题，它荒废，它败落，它倾颓，数百年来不曾间断上演的春秋大梦一夜就没了。这半年来，见得最多的是毁坏、坍塌和毁灭式重建，因为很少使用，戏台像失去灵魂的躯体，我和它一遍遍空洞对视。

住在戏台边的乡民总是上前攀谈，讲述自己和戏台的缘分，也有老者给我来几句高腔，只是某部戏里前言不搭后语的几句，戏迷们全都老了。我对戏台的追寻，仅仅是因为它是即将逝去的事物，它们最终会变成幻梦的棺椁，泯于烟尘。

我总是被美丽脆弱的东西打动，错付热情。

"我准备走了。"我说，"离开这里。"

张叔瞟了我一眼，说："想好了？去哪儿？"

"没有。"我说，"等脚底下这个洞长好了再说，太倒霉了，快把脚背扎穿了。"

到了医院，医生说很久没见过扎这么严重的，打了破伤风针，把我脚包得馒头一样，让我不要下地，在家里躺两天，每天换药，只要不感染化脓，一个星期之后就能正常步行。我没法往外跑，躺着把《南奔》看完，戏里面大开大合，粗看恶俗，看完之后，仍被触动，回想了好一阵。这个戏虽然不足，和赣剧老本子一味热闹或戏谑的东西不一样，倒是小说的写法，半文不白的独白极多，都由老生唱出来，也不是纯粹的生旦戏，一个两边不讨好的东西，再加上胡太后与杨华之事虽然奇情绮艳，却还是冷僻，不如西游、三国、隋唐各种演义耳熟能详，要是真的推广开演，也没几个人爱看。忽然听张叔说起，《南奔》曾经演过，不知道有没有留下过影像或音频资料。张叔回说，也许有的，要托人去找，因为当年省赣剧团收罗新秀，简红珠想进省团，特排的这出戏，还报名了梅花奖，办了新行头，准备去北京，只是事儿最后没成，这个戏又费周章又费钱，也就没人再演了。

过几天，张叔说找到了，有张 DVD，私人刻卖，是全本《南奔》，卖得不好，那人就刻了四五十张，原版录像带已经遗失。

我问："好看吗？"

张叔说："快进着看了一下，删了不少场戏，不知道是剪掉了，还是根本就没演，现在这戏不连贯，要是没有人讲戏，根本看不懂。有几段唱改得不错，其他都是胡闹。"

我说："哪段不错？"

张叔说："有一段'回望洛阳'，改得不错。杨华走后，胡太后在深宫之中也唱了几段，这段我没写，应该是为了给简红珠加戏，特意添的。"

我正在兴头上，赶紧问他要。家里没有可以放 DVD 的机器，三十年前的时兴，现在已经过时得无处寻觅，后来还是翻出我爸的一个带光驱的旧电脑，试了一下，老东西还能用，就着卡顿看完了。录像是在本市的赣剧团的小剧院里录的，那地方十几年前就拆了，早难觅影踪，改建了小商品市场。简红珠扮相借鉴了京剧《四郎探母》的铁镜公主，梳了旗头，蹬花盆底鞋，高得像个雕花牌楼，身段大有几分飒爽，演杨华的老生比她矮一大截，两个人对戏时，简红珠在袍子底下曲一点腿，两人看起来才齐平。戏确实不好，布景极为简陋，删得几乎看不出原本的故事，男男女女鱼贯而出，又鱼贯而入，高锣响鼓地就结束了。看完之后，张叔让我把碟片送回去，他找了个专做数码修复的人，可将录像里的卡顿和模糊去除，填补像素。

我还瘸着，借了个拐杖，空着一只脚。园子里面人来人往，二十座戏台的木板门都被卸了，几十个工人正在逐个清洗戏台，用铁扫把扫去台面灰尘，再用清水冲洗，就连梁上的尘土也用鸡毛掸子仔细拭去，掉漆的地方重新补了漆和桐油，明堂如新。好几间戏台的内部结构我也是第一次见，有一副对联还是左宗棠题的。我看得发呆，很久没见过这个场面，小时候见过一两次：开戏前三天，阖族人擦洗戏台，屋顶上的瓦片也要重新码一遍，架电线，拉音响。有了人，这地方才不显得荒凉。

张叔说："前几天发现白蚁，今天找人来喷药治理，所以全都开堂了。又想，都开堂了，顺便扫下灰，扫了灰又发现好几处残破，干脆补好；平常这个地方也不开，我工作忙，也管不了，白放着可惜，过段时间再招个戏班过来，演上几场戏，热闹个天光天暗，到时候宣传一下，市民也可以免费进来玩，才不算荒废。"

我说："对，就该这么玩。"

"好玩的事儿都花钱。"张叔说,"你帮我写一下每个戏台的简介,把建筑的时间和风格写清楚,做一些牌子立在戏台前,到时候来的人直接看牌子就好,宣传一下传统文化。"

"好。"我答应下来。

在园子旁,新开发的"金色水乡"楼盘里,十几座三十层的高楼拔地而起,房子修得很密实,外面蒙着蓝色的施工网,过月就可以开卖。本市人对房子的渴求像是饮水不饱,无论房子建得多偏僻,也是一售而空。张叔眯起眼睛,他说要回报家乡,房价会比市场价低,但我也听我爸说过,这几年张叔在外亏了六千万,欠了一屁股债,这次回乡,是为了躲债和捞钱。他离开这里太久,久到和这里已经没有了实际的联系,只有几缕藕断丝连的丝。他在外面风光,回到这座小城,我们不免揣测他的败落,又因为他商人的身份,揣测他的居心。

我知晓张叔的发迹史,我爸曾经无数次对我讲述,当年他差一点和张叔一起南下,只是临门一脚后悔,留在了本地,在一个无关紧要的办公室里做科员捱到老,错过了投身改开一线的机会。我爸打趣说,本来他也是个亿万富翁。而张叔,独自一人乘坐绿皮火车去往潮湿闷热的南方,在火车站门口席地睡了三天,花掉了身上最后一个角子,步行去一家做伞的日本工厂打工,因为他识字,而且勤奋,在很短的时间内学会基础日语,做到了小主管的位置。1987年,他在广州一个月的工资,是我父亲全年的工资。而后,他离开广州,去往深圳,与人合伙做灯具厂,我不清楚他那时候的收入多少,依据我爸的描述,张叔是第一波用上大哥大和私人汽车的人,他衣锦还乡时,带回来一个身着紫色紧身短裙的美丽女人。他捐了一笔钱给本市的中学,建起一座以他名字命名的实验楼,全城轰动。九十年代,张叔进军房地产行业,直至现在,他公司的名字偶尔还会出现在一些财经新闻里。从任何意义而言,他都是个成功的商人,没有错失风口,白手起家,是那个时代里标准的创业先锋。

我说:"张叔,你那时候怎么想到去深圳?"

"没活路了,去讨生活。"

"不是做轧布工吗?还没到下岗潮,怎么就没活路了?"

"那时候国营工厂都是顶工位,我叔叔被轧布机弹伤了胳膊,提前退休。我父亲在'文革'时被打成'黑五类',我没书读,辍学进工厂,顶了叔叔的工位。后来堂弟长大了,也需要安排工作,我叔叔叫我把工位让出来,本来这口饭就是他们家给的,我就退了。在家混了四个月,穷得实在受不了了,听说广东有钱,就去了广州,又去深圳。一开始是打工,后来拉了几个人做厂，赚到了一点小钱，雪球才滚起来。"

"我爸还说那时候要跟你一起去。"我说，"他为这事儿抱憾终身，感觉自己错过几个亿。"

"本来是约好一起走，我记得很清楚，下午三点四十分的火车，晚点一个小时，我一直望着候车厅的门，等到最后一刻你爸也没来。"

"人各有命。"我说，"我爸在家也挺好的。"

"那时候年轻没什么心肝，下定决心，走就走了，死也要死在外面。我连老娘扔在家里都不担心，只是放不下简红珠。"张叔笑笑说，"就怕以后见不到，想多看几眼。"

"见到了吗？"

"见到了。"张叔说，"跟白龙神女和薛应龙的故事一样，只有三日的缘分。"

那时候简红珠不跟班子下乡，每天都在剧团里排戏，到晚上七八点才回家。张叔进不去，只能在外面等着，下班时一群人哄闹出来，他再从里面找出红姑娘的影子，她刚烫了时兴卷毛，穿着色彩鲜艳的裙子。福利院在城郊，离赣剧团很远，十里地，骑自行车得二三十分钟，红姑娘独来独往。他听得有人说红姑娘被省赣剧团选走，还要去北京演戏，要出头了，他那时候没工作，已经是个游民，没有出路，又拉不下脸到街上去卖茶叶蛋，更觉得两人之间的差距已远得看也看不见了，一路上只远远护送，不让她发觉。红姑娘走在前面，嘴里总是哼着曲儿，悠悠扬扬顺风吹来，有时候是戏，有时候是歌，会唱的他便和，不会唱的他便听。越近离开的日子，他越觉得前面的背影袅娜可爱，十分温情，也越觉得两个人也不必认识，不必说话，甚至连照面也不必打。想明白了，临走那些天，反倒过得极为痛快舒心，收拾行李，看几页闲书，再去赣剧团等简红珠，能见个面，一点遗憾也没有了，一天天数过去，每一天都活泛泛脆生生的，往后再没比那些天更明确的日子。

只是那一天，远远看见简红珠从自行车上跳了下来，拨动车链子，好像是自行车坏了。他迟疑了一会儿，到底要不要上前，那天简红珠下班晚一点，已经九点多，街上没什么人，路灯昏暗，剩一些失业游荡的人聚成几个簇，年轻女孩走在路上不安全。张叔还是走上前，憋红了脸，小声问简红珠要不要帮忙。简红珠说，车链子脱了。张叔弯腰看了看，说，不是脱链，是断了，修车店能弄，现在只能推回去。简红珠不信，又弯腰弄了几下，张叔站在她身后，看着她穿的那条绿色的布拉吉裙子显出丰腴的轮廓，心都跳到嗓子眼，头一下子胀痛，不知道说什么好。看弄不好了，简红珠推着车往前走，那地方离她家有好长一段距离。张叔想送送她，问她住哪儿。简红珠指了个地方，张叔说，走过去得半个小时，我送你过去。简红珠没说什么，默许他的僭越，推着车继续往前。

张叔一句话也不说，简红珠嘴里仍然哼着戏，他从来没靠她这么近过，十分紧张，以致握不住自行车的龙头。

"你唱的什么？"张叔问她。

"新戏，下个月就演了。"她淡淡地回答。头发烫成了大卷，一波三折地披落下来，遮住一半的脸。

"你也看戏吗？"

"特别爱看。"

"你知道我是谁？"简红珠问，也许含着笑意。

"我想起来了。"张叔故意顿挫，说，"你是百里红。这里还有谁不知道你，就算是聋子和瞎子也认得出你。"

她笑了。

张叔听到她笑，胆子壮起来，开始和她说些有的没的，但红姑娘不回话，不声响地听。他几乎把给她写的那十几封信的内容复述了一遍，小心翼翼隐去了自己的身份，只讲自己如何下乡赶戏的那部分，讲了许多工厂里的事。他期待她眼中突然闪光，抓住了信号，对号入座，辨认出他是那些信的主人。只这么一想，心内就极度澎湃，口齿几乎没有停下，一直跃动，那么多话——成百上千句，几口气就说完了。但红娘的表情始终没有什么波动，她甚至有些不耐烦，一个有名的女演员走在路上，忍受一个年轻男人的喋喋不休，基于演员的虚荣和修养她才没有发作。张叔马上就知道，她根本就没有读那些信。他开始担心，他写的戏本子其实也并没有到她的手上，而是遗失在某个角落，蒙着灰尘，或者干脆被当作垃圾烧掉了，如他当初设想的那样。

"快到了。"红姑娘说。抬眼一看，是福利院的大门。

张叔停住，说："那就到这儿吧。"

红姑娘往前走了几步，回头问了一句："你明天还来吗？"

他笑了，说："来。"

他站定原地，看着红姑娘走进大门，院内没有灯火，是一片喑哑的黑。他拨动了车铃，片刻之后红姑娘以一串铃声回应，丁零零，十分清脆，在空荡的院子里回响。他回家路上一直拨动车铃，忍不住笑，觉得那是世界上最好听的声音。

他第二天仍在剧院门口等简红珠下班，护送她回家。一人推一辆自行车走，这条昏昏的路要走上一个小时。红姑娘比张叔想象中更冷，也更寡言，板着脸，他跟踪了她很久，总以为她是个大方活泼的人，谁知道是个没嘴的葫芦。但她并不讨厌他，或许也有一二分的喜欢，因为她也曾侧过脸来，上上下下地打量他。

"我给你写过信。"他说。

"信？"她叹息，"是有很多人给我写信，但我……不识字。"

"那些信去了哪里了？"

"上千封，都收着，一扎扎放进箱子里。"

"那么多！"连他也惊叹。那么多信，字的湖泊，淹没了他的，她居然一封也没有拆开。

"几乎每天都有。"她极自然地说，"如果我识字也不会打开。"

"为什么？大家都喜欢你。"

"我不知道他们为什么喜欢我。"

"你戏好。"

"那看戏就好，没必要巴巴地给我写信。"她说。

他很想对她说，他要走了，后天的火车，离开这座安稳的中部小城，去一片充满危险和机遇的热土去，在那里人像独行的动物，自己养活自己。但他没说，似乎不说出来，就可以和她一直走在这条路上，道路没有尽头，夜晚不会结束，他也不会离开。到达目的地后，她问，明天还来吗。他坚定地回答,还来。

最后一天他比之前到得更早,在剧院门口徘徊了很久,直到红姑娘推着车出来,他们远远避开了人群,往那条登坡小道上去,在爬坡的过程中,他总觉得有五六万句的话要脱口而出,团成一块,哽在喉间。爬到坡顶之后,是一段长长的下坡路,红姑娘说她有时候会在这里不捏刹车,痛快地滑下去,但今天她不要滑下去,她要慢慢走下去。

"你能给我唱一段吗?"张叔说。

"想听什么?"

"你最近在排什么,我就听什么。"

红姑娘说,她说在排的这个戏,讲的是一千多年前一个太后和一个将军的故事,最后这俩没在一块儿,将军逃走了,太后被囚在宫中。讲戏的老师说,这戏是封建糟粕,但是现在我们需要糟粕,糟粕是甜的,老百姓爱看糟粕。这本戏她出场不多,也不华彩,老生戏份多唱段也好,市赣剧团已经八百年没有排过新戏,团里的演员只会梆子乱弹,上不了大台面,简红珠有名,而且会老腔和青阳腔,可以帮着撑一撑场子。这个戏还要送到戏曲节去参赛,市里下了血本,一人置一身新行头,翠华珠钿,锦绣皂袍,已是她很久没见过的新鲜。

张叔听了，停住脚步，慢声慢气地问："这戏叫什么？"

"《南奔》。"红姑娘说，"怎么了？"

"这戏是谁写的？"

"剧团的一个老师写的。"

张叔又问："那个人叫什么？"

"姓赵，名字记不得，我们叫他赵老师。"

张叔说："赵老师写得好吗？"

红姑娘笑了，说："我没读过书，不知道好不好，能写出来，还可以上演，自然是好的。"

张叔已经猜得八九不离十，应该是简红珠无意中把本子给了谁，那个人自己按下来，抹去了他的名字。他心里没有一点火气，也没有不忿，只觉得酸楚，他甚至心中有些感激，如果不是这位赵老师接过了本子，这戏的命运不过是归于尘土，与那千封信归拢在一起，不会被看见，更不会有人排演。既然有人演了，便不算荒废。十几年来这种事情他见得多，总是想得很开，因父亲被划分黑五类，他成分不好不能继续念书，他也没觉得怎么样，安然接受，反倒是母亲，痛惜了很久；几年前，父亲的平反通知送来，母亲泣不成声，他心里也没有波荡，只是把那张纸在父亲的墓前烧了。他一点不想去争，知道争不过，也怕惹出事情来，到时候万一这个戏演不了,简红珠去不了省团,他过意不去。《南奔》署上赵老师的名字,是物得其所相得益彰,署他自己的名字,才是辱没。

他忍着舌头打战,说:"你能给我唱两段新戏吗?"

红姑娘问:"你想听什么?"

"你喜欢哪段?"

简红珠说:"我喜欢最后一折老生唱的一段,词也写得好看,调也好听,虽然不是我的戏,天天排练,也听会了。唱给你听吧,唱完就到家了。"

洛阳王气黯然收,娇娥深宫独自守。路正狭,难回头,这一番去,免不了蹉跎白头。广厦高楼,几千灯如昼,佛音好唱,纷乱不休。鞭敲金镫响,马负着行装,车运着草粮。向南梁,一朝离了洛阳,穷水高山,几时苏武还乡。临去也回头望,怎禁得迥野悲凉!

词儿熟悉得不能再熟,暗合了明日征途,张叔听了,全身骨头做筛子响,把他打碎又粘合,粘合又打碎,想到未来渺茫。夜晚的雾气起来,夜露成霜,过桥时,有一点灰落在他鼻头上,他轻轻一揩,像是扎破了泪囊,眼泪不争气地往下掉。他无声哭着，跟在简红珠的身后，也不敢说话，怕嗓子里的哽咽飞出来。简红珠还问他，好听不好听，他压着鼻腔哼了一声。在下定决心离开时，他总以为是自己选择了冒险，直至那天，他才明白过来，这里没有他的容身之地，他原来是被驱逐，被流放，早就无家可归。

"好听吗？"唱完了，红姑娘问。

"好听。"他说。

"明天还来吗？"她又问。语气雀跃，十分期待。

"来。"

张叔答应了一声，跨上自行车回去。回去的路上，如得了庇佑，心里面干净明亮，被大风吹过似的，连前几天的张皇也一起消失。他要去南方，隔山隔水，闷热潮湿，他对那里一无所知，但他决心已下，如果不混出头来，就死在外面。走之前，张叔吩咐他妈把他爸留下的几十种老戏本子收拾起来，好好保管，他自己写的那本随身携带，却从未翻开。

三十多年转眼过去，连个响儿也没有。当年他如珍如宝地带出来做念想，好多年间竟一点也没记起这个东西。刚走那几年，偶尔还想到简红珠，后来淡忘，连她的相貌也想不起来。卅年沧桑，万般滋味，早就不是戏能概括的，毋宁说自己就活在了戏里，舞台上的东西都成小儿科，再看如嚼蜡，一点没滋味。他已经想不起那时候走乡串戏的心情，只记得一点那时候热闹的情形。本市看戏的风潮，持续了几百年，到九十年代中期，光景日薄西山，距离八十年代的最盛时不过几年时间。

我曾经查过简红珠后来的踪迹，只知道《南奔》在市里演过一回，也去省里演过一回，去北京参加戏剧节的事情并没有后续，应该是没去成。简红珠也没有如愿进入省赣剧团，反倒是那个演杨华的老生进了，其中的缘由因为年代太久，已经考不出来。之后的事情只剩下传言，传说简红珠傍了大款，给本市的煤窑老板做野老婆，后来去浙江做服装生意，已不知流落何方；也有说，她在九四年独自一人去了南方，连名字都改了，所以找不到人。总归这么一个人，凭着一身本事在这里红了好几年，家喻户晓，又飘然不见，连我也觉得神奇，但八九十年代的传奇那么多，梨园的事情，又不立传，知道就知道了，不知道的不过是湮灭江湖，再无人念记。

我说："张叔这么念念不忘，又这么有钱，找个人还不容易吗？"

张叔说："我找她干吗呀！"

"说得也是。"我说。两个花甲之年的陌生男女见面该说些什么，我想不到，几十年，人早就不是那个人，事也不是那些事。

那之后，张叔忙起来，还有一个月就开盘，楼盘还只能看个大概，离市区十公里路，说起来也不算远，小地方的人却觉得隔了天堑，他说房子的定价要回馈家乡，其实是地段不好，实在不得已。后来我爸又向我提起，张叔要把古戏台园卖了，因本市古戏台在申请国家非物质文化遗产，已经到关键时刻，这个园子是现成的景点，可以做成特色小镇。本来古戏台分散各乡镇，要看个全局不容易，有了这个园子，二十座古戏台也能粗略概括，到时候重新做一下景观，换个牌子就行了。我爸说，这是张叔早就布好的局，那片地是工业用地，本来就不值钱，加里面的建筑一起成本顶多三千万，现在他报价二点五亿，还在讨价还价，但怎么也要过亿了，要是卖出去，他的那个楼盘价格也能往上提价，一箭双雕。我说，之前张叔说过，这个园子是以小博大的生意，原来如此。我爸说，这些钱又不是张叔一个人得，不过也赚了一大票，他老家已经没人，大本营也不在这里，赚到了钱还是会走。

开盘前，张叔为了热场子，果然开放了园子，又从本市和邻市请了两个赣剧团来演擂台戏，七天不断，从下午六点演到晚上十一点，所有戏台打开了，明晃晃一片，灯光请了杭州的一个团队来设计，柔和又鲜亮，又有蒙蒙雾气似的，不是一味红绿艳彩，戏台的藻井、高台、飞檐等处也照顾到，以高光衬托出构造者的奇想。有几个年代久远的，白天看灰旧不出色，被灯一照，镀一层薄薄的金。因为夜的遮盖，园中草木凋敝都不见，反倒比白天更加宽敞开阔。半个城的人都来看了，门外停车场已经溢出，车龙排了几里，园子里人挤人脚踩脚，又有许多摊贩在外，卖些饮食吃喝。张叔花了价钱请的戏班，唱得都不错，他又置办了几百张条凳来，放在戏台前，模仿从前听戏的情形——以前人听戏，都自带条凳，晚上困了不想回，就在条凳上将就眯一夜。只是现在没几个人是为看戏来的，虽然热闹，台下人的脚都不定，只如水漩一样流动，不断地转啊转。此时此刻，是一场卅年前的昨日重现，打捞上来的浮光掠影。

演员唱得卖力，两个戏台同时演，这边是《荆钗记》《梁祝》，那边是《打金枝》《珍珠记》，满台是翠盖华服，再加上现代灯光和音响加持，戏腔打架，眼睛耳朵不知道怎么用才好，看是看不懂，只图个热闹，有热闹就足够了，多少年没有这个热闹。这片地两年前是荒山，哪曾想能经这样的繁华。我走入人群，拨开人，用力往前，往办公室去。张叔没有开灯，一个人坐在窗边，灯影人影照在脸上，手里夹一根烟，一动不动，烟已经燃到尽头。办公室离热闹不远不近，看得见戏台，人群的嘈杂又进不来。他坐在里面，像个隐形的王。

张叔让我点一出戏，最后一天演来压轴，我说要是有人演全本《南奔》，我就高兴了。

张叔笑着说："鬼灵精怪，出这么大难题。这已经失传了，问了这两个团的演员，没人听过这个戏。"

"那绝唱了。"

"可不是，绝唱！"

到最后一天，"金色水乡"开盘，人比前几天还多，张叔却不知道哪里去了，发信息不回。我爸来赶个晚场，我陪他逛了两个小时，去售楼处看了沙盘，参观了四个不同户型的样板房，在园子门口的小摊上吃馄饨，听了一会儿戏，九点多准备回，忽然听见人群哄闹起来，一阵阵人声像浪涌，涌到台前，把我们也挤到流花邨戏台前，有人大喊，这有出好戏。人太多，挤不到前面，只能远远看。伴奏的锣鼓先生们全是头发花白的老先生，颤巍巍先坐定，灯光暗下去，连着周围人声也压下去，一束光从顶上打下来，两边干冰的雾气飘了满台，这雾也太大了，从台上流泻下来，盖住观众的脚，把我们也拢进幻梦里。锣鼓铿锵一响，忽然有个妆扮好的青衣亮了相，袅袅娜娜走出来，站到台前。

我只说，见鬼，"呀"一声大叫，头皮已经麻了，只疑眼睛坏了，再看两遍还是——不是别人，正是年轻时候的简红珠，其他人不认得她是谁，我这些天总是看她念她，至于她云手时总不肯把小拇指翘高的标志动作，亮相步子又快又碎的细巧模样，都是看熟的，这身影映在心底，念念不忘也挥之不去。

她唱了两段，都是《南奔》，一段是胡太后与杨华比试射箭时唱的《挽弓强》，另一段是被囚宫中时唱的《诉衷肠》，她嗓子是老天赏饭，唱得婉转不歇，底下的人也听痴，连孩子们都不呼喊，听得懂的人摇头晃脑陶醉，听不懂的人也微微张嘴猜测这角儿到底是谁。

简红珠唱完，本该谢幕，却在原地，如烟散去，锣鼓班子起身向观众鞠躬，灯光全灭，有小孩登时就吓哭了，真是见了鬼。长短不过十五分钟，其他人看完就散，我却站立不动，望着那戏台发痴。本来随意说的玩笑话，没承想竟成了真，真如梦，梦如真，恨不得能再看一遍。我知道刚才那段是张叔的把戏，台上不过是个幻影。

第二天，我发信息给张叔，问他怎么弄的，变戏法似的。张叔回复说，把《南奔》的 DVD 送去给人修复，问能不能修复得好一点，那人说，可以，还能做成全息投影，加上灯光设计，人投在舞台上，像活了一样，只要肯花钱。偏偏张叔是最不怕花钱的，几多钱随便开价，当天就打钱。两个月后，收到这个，还来了一群人租设备调试设备，费了不少事。他也不知道花这钱干吗，图一乐子。

他问我："你看了，觉得怎么样？"

我说："好看，点睛之笔，好多人都惊了，没见过这样的。您没看吗？"

"不敢看。"他说，"也不想看。"

我还记得那些天筹措婚礼，选酒店就选了一个多月，双方家长都算开明，任由我们做主。偏偏我有一些布尔乔亚幻想，要把婚礼办得别致又低调，挑来挑去，干脆退了酒店大堂，租了一座三十年代带院子的老宅，办草地婚礼，又在旁边酒店定了十桌酒席，酬谢宾客。

老宅子的窗户还是旧时黑框铁窗，隔窗望去，一片绿茵茵的草地，墙角一丛芭蕉，摆得下三四十张椅子，草坪刚修过，还冒着清香。婚礼前，婚庆公司的人和我一起给栏杆扎上五颜六色的气球；宾客坐的白色椅子是刚从宜家抱回来的，标签还没有撕；蛋糕、甜点和香槟也都订好了，五颜六色的漂亮玩意儿，用镀银的餐具装；花艺公司来做布置，以香柏、百合、铃兰、风信子扎了个两米高的花拱门；婚纱是嘉明妈妈送的，按照我的心意，选了最简单朴素的款式；化妆师、司仪、伴郎伴娘都已经定下，新婚蜜月旅行选了新西兰。我爸千里之外赶来，我带他去买了一身西装，选了一个小巧的领结。我爸高兴，拿着领结，放在胸前比了一下，笑着说，洋气了，一辈子没戴过。我说，也就这一次，以后肯定没有机会戴。天气预报说，婚礼那日的天气大晴，气温不冷不热，和风正煦，从老黄历来看，也宜婚嫁。天时地利人和，只等东风。

事情至此并无纰漏，我本应该非常顺利地步入婚姻，在众人齐声欢呼中和嘉明举行仪式，换一身衣服去酒店，宾主尽欢中喝到半醉，第二天在租来的老房子里起床，站在阳台看着婚庆公司收拾桌椅残局，一个星期后，我们登上去南半球的飞机，在新西兰度过半个月。三年内嘉明和我开始微微发福，或许抵不住周围人的压力要一个孩子，有了孩子以后，开始操心孩子的教育问题，考虑把房子换到更核心的区域。以我的想象力，并不能把他送到更远的地方。嘉明的肚子守不住，某一天肥肉突然从皮带溢出来，头发日渐稀薄，从头顶位置开始秃，像他爸那样。其实他已经有一些胖了，面目比我刚认识他那会儿更加模糊。我们感情依然会很好，好到自成一个王国，生活被无数琐屑之物填充，密不透风。在步入婚姻之前，我设想了无数遍未来的走向，心里操演，适应，说服。真实情况是，我没有和嘉明结成婚，我们功亏一篑。

我现在依然会想起源源，尤其是天气不那么好的时候。他现在正不知在印度洋，还是大西洋，不知道与我差几个小时的时差。他每次出航，时间长达半年至一年，辗转在世界各个港口。他消失在所有的社交网络上，我和这个人的联系彻底中断。

源源和嘉明是南辕北辙的人，他是我大学同学，毕业之后便再也没有见过，我只听说，他去做海员了，因为海上信息不通，他很少出现，只是偶尔——多是深更半夜——兀自在群里发一张日出或日落的照片。在无限广袤平静的海腹之中，一轮金色的太阳悬停，海水如镜，周围没有陆地依着，是普通人难以见到的景色，他也会发各个港口的照片，那些巨轮、集装箱、数米长的锚、不同肤色的人，显示着他正在过一种非凡的生活。我已经记不得源源的相貌，大学期间，他一直不太起眼，个头不高，相貌平庸，除了上课之外，很少出现。他一直坚持晨跑，是学校的长跑冠军，在大学期间参加过几次马拉松，如果早晨起得足够早，能在学校的塑胶跑道上遇见他。我们从来没有搭过话，我甚至没听过他的声音，但是多年来，我一直忍不住关注他，想知道他的行踪。他来联系我时，我还吃了一惊，我本以为我们不会有什么交集，那时候距离我和嘉明的婚礼只有三个月了。

我们在一家啤酒吧见面，他早早到了，选了角落的位置，独自喝酒。源源皮肤晒得极黑，自带大海的咸潮，以及长期漂流的气质，在行色匆匆的人群中更容易被发觉，可恶之处在于他一点也不见老，骨骼却越来越分明，比早年还要清秀一些。因为海上单调重复的生活，他的眼睛清澈，瞳仁漆黑，绝少狡黠，惯用直来直去的凝视目光，令人想起无家可归的猫狗。我说，怎么想起要见我。源源说，在等新的航程，起锚的港口在上海，要在这里生活一段时间，虽然有好几个同学在上海，但是翻了一下通讯录，可联系的人竟没有一个，随机选择了你。出乎意料，他的声音很低沉，几乎是哑的。我大笑起来，说，你在海上也这么说话吗？源源点头。我说，太欠扁了，真亏你能活到今天，你的同事竟然没有把你扔到海里去。

我央他讲一些做海员的事情，他磕磕绊绊地讲了一些，舌头还没有恢复灵活。我说，能把漂泊变为职业是幸福的事情，一座船就是一个世外桃源。源源笑着说，多数时候是无聊，靠几百部电影打发时间，等到了海上，才发现原来时间这么难杀，杀而不死，上了船就是一年半载，每次下船，都发觉世界变化太快，自己已经跟不上，时间的流速在海上与陆地并不相同。大船其实是孤岛，习惯了孤岛生活的人，在陆地上活不久，他上一艘船的船长退休之后，回到陆地，半年不到便去世。我说，要长时间分居，你们这行离婚率一定很高。源源说，很低，没想到吧，海员和海员的家人必须忍受长时间的分离，熬过最初两三年，分离之苦便不苦了，还有助于维系感情。我说，这是为什么。源源说，一两句说不清，但你一定明白。

他问我近况，我说，马上结婚了。他目光立刻游移，看向别处，说，恭喜恭喜。

我立刻明白他并不是在通讯录里随机挑选了我，而是反复比较之后选择了一个可以捕获的对象。我必须坦诚，源源对我有奇特的吸引力，跳出三界不在五行，此时出现，无异于借来一双眼睛，再看了一眼自己所处的平庸。我跟着源源去了他的出租屋，房间里没有床，我们在他的地铺上做爱。嘉明在性事上，表现得如和风细雨，温柔却乏味，源源在床上是个暴烈的君主，他有使不完的蛮力和疯劲，以及不知道从哪里学来的令人羞耻的技巧,他想把整个身体都塞进来。他说,海员们上岸之后会召妓,他在哥斯达黎加破了处,墨西哥港口的妓女是他的老师,他在索马里用三十美元买过一个女孩的童贞,那女孩第二天接待了其他海员。但是,他并不是以得意扬扬的口吻说这些话,而是带着十二分的懊丧和痛苦。他说,海上漂了好几个月之后,看着船逐渐抵岸,心里最强烈的愿望便是抚摸女人,女人的嘴唇,女人皮肤,女人的脚趾,海上积攒的孤独,也只能通过进入女人的身体才能释放,那时候便觉得男人不过是被本能囚禁的野兽。

我也对源源倾诉了很多我对这段婚姻的恐惧,自我前途的悲观,我实际过着一种没有尊严和信心的生活。这场婚姻是我的救命稻草,也是我的雷霆地狱。

我开玩笑说,不然跟你一起出海去算了。

源源说,你自命不凡,才有这样的困扰,你这种人,在船上待两个月就要自杀。

嘉明打电话过来,我看了一下时间,夜晚十一点,不早不晚,他问我身在何处,我说,正在和大学同学聊天。他说,赶紧回家吧,不早了。我穿好衣服,打车回家,嘉明正坐在沙发里看新闻,半合着眼。我忍不住上前拥抱了他,他诧异地问,你怎么了。我说,有点疲惫,需要安慰。

我和源源之间称不上爱情，但我们都被激情驱动，源源划破了蒙在我身体上的厚茧，以渴望以一声声呼唤，我知道这是最后一次，短暂人生能有几次大地崩裂。我需要源源，源源也需要我。源源向我保证，他不会干涉我的生活，我还是会和嘉明结婚，我们都会在既定的航道上前行，在大海之上，轮船与轮船的相逢都是极遥远极礼貌的，用无线电打声招呼，然后背驰而去。

临近婚期，婚礼事无巨细需要安排妥帖，除去工作，每天还要与源源见面，我小心翼翼地遮掩，编造谎言，精准计算时间，发掘自己在偷情一事上的天分。幸好嘉明并不是个敏感的人，或许他有疑心，只是没有发作。我感觉自己被劈成了三四瓣，精力也被瓜分得七零八落，每次入睡之前，都怀着深深的惊疑与疲倦。只等源源离岸，将我的激情带到海上，我才能甘心和嘉明走下去。

嘉明和我一起筹备婚礼事宜，诸事齐备，有条不紊，然而越是顺利，越是有累卵之祸。嘉明说总觉得我最近变得活泼了一些。我说，生活变化太大，有新鲜感了。嘉明低头说，会幸福的。我低头不应，心里想着，千万不要败露。

为那一天东忙西忙，婚礼终于就在眼前。前一天，源源说要见我，我犹豫片刻，本来不想去，但也到了做了断的时间，还是去了，我们仍如平常那样做爱，准备结束一场冒险，彼此沉默不言。夜晚他抱着我，像抱着一个花瓶，不停地上下抚摸。我心里盘算着明天的事情，总觉得有什么缺漏，一件件事情地数过去，没有纰漏，什么都和预料中一样完美。

源源问，你在想什么？我说，我们以后不要再见了。源源叹了口气。我当他默许。他说，我很羡慕嘉明。我说，你羡慕什么？源源说，羡慕他在陆地上，羡慕他过正常的生活。我说，你也可以回到陆地。他笑一笑，说，这是两种完全不同的进化方向。

他说，以后我停留期间可以来找你吗？我说，不可以。他笑了，说，我知道你会这么回答。

睡得并不安稳，朦胧中感觉到源源起身出去了，想和他说句什么，还没出口，又睡着了，醒来天色还早，然而源源不在。我收拾了一下，找不见手机，准备出门，却发现门被反锁，怎么都打不开，心里立刻明白了七八分，浑身都激灵起来。时间还早，还有两个小时才到八点，我等着源源回心转意，把我从牢笼中放出去，让我回到我该回的轨道，让我去赴我的盛宴，完成那场筹备已久的婚礼，就像我们曾经发过的誓，以礼貌的方式离开彼此。

门外响起的每一声脚步都是我的救命符，然而没有一个人走向这扇门。

等到七点半,我终于知道,源源不会回心转意,就算此刻他在门外,也不会给我开门。房间里只有几件临时家具,没有可以联系外界的工具。我拍了一会儿门,没有人来应;打开窗户,楼在二十二层,跳下去粉身碎骨。我又合上窗户,在床上坐着干等,等到心里面的鼓敲起来,澎湃如山响。窗外高积雨云像城堡一样翻卷,本是晴空万里的天气,忽然就要来一场急雨,积雨云缓慢地朝我这里挪动。所有人都在等我,嘉明、我爸、司仪,草地、婚纱、洋房……幻想中一种安定坚实的生活也在等我。

那些七彩的气球在飘荡,草地成茵,许多宾客——远道而来的或者从附近赶来,坐在白色椅子上,司仪整理好衣服,我爸戴上了领结,嘉明的妈妈穿着红色丝质连衣裙,拱门上的花朵盛放,花童手捧花束,什么都准备好了,如我和嘉明昨日筹划。仪式是简单的考试,我们能轻松拿满分。

我不停地敲门,向着门外大喊:有没有人。依旧无人应答。我用力踹门,想着这栋楼的人都死绝了,如果此时源源回来,我先拿一把刀把他杀了,再割去他的舌头,一刀刀将他砍碎,一秒钟也不给他,辩解的话休想说出口。他竟然会毁掉一切,我和我的生活。我尽情想象着把他剁成碎块,一边把屋子里所有能够翻出来的东西扔出来，我用椅子砸桌子，推倒柜子，冲到厨房，把所有抽屉都拉出来，扔到地上，碗砸到墙上，发出巨响，碎成碎片，我发狂似的要毁掉眼前的一切。也不知道时间过去多久，只觉浑噩如梦，忽然一串雷声把我惊醒，声嘶力竭之后，停下来望向窗外，一场骤雨滚落下来，落在高树上，灌木中，草皮上。雨来得急，楼下的人们都躲避不及，呼散而去。那场婚礼也必然是这样，被雨打得七零八落，所有人都失望退去，没有人联系得到我。新郎和新娘错失良缘，转为深深的恨意，在雨中，一切都迟了。

到傍晚，才有人过来敲门，问我是谁，为什么拼命敲门。我的嗓子已经哑了，也找不出语言来表述，我一遍遍捶门，请外面的人救我出去，虽然知道，已经没有盛宴等我去赴，也没有什么非去不可的约定。

半小时之后，警察来了，我勉强解释了一遍自己的处境，请他们撬开门，把我放出去。门开后，两个警察看了一眼室内的环境，猜想这其中的经过。

"小姐，你遭受了什么危险吗？"

我说："没有。"

"那是谁砸烂一切？"

"是我。"我说。

那警察嗤笑了一声，让我跟着他们去公安局。我打电话给嘉明，嘉明接过去，问，怎么回事。我说，我在警局，你让我爸过来接我，你不要过来，我以后再跟你解释。半夜一点，我爸独自一人来接我，嘉明没来。出租车上，我爸扭过头去，不看我，也不与我说话。

隔日，我去婚礼场地看情况，嘉明正在处理退租事宜，他看见我，朝我走过来，问了一声好，便走开了，在那个场合里，我没有什么可解释的。果然一切都被雨打坏了，桌上的甜点还来不及收拾，都在水中溶化，变成五颜六色的一摊，黏在桌布上，鲜花和气球散落一地，草地上长出一种灰色簇状蘑菇。我在房子里踱来踱去，看着工人来把里面的陈设和家具一件件搬出去，不到半小时，这儿又变成空空的没有肺腑的一座房，我像个看热闹的陌生人，除去一点落寞，竟是全然的解脱。

源源在派出所关了一个星期，过后便离港上船，没有向我告别，我们再没有见过，也没有联系，我永远不能得知他把我锁起来的具体动机，也许是占有欲，也许是纯粹的破坏欲。

我爸独自返乡，我在上海处理了与嘉明共同财产的一些事务，办理了离婚手续，平和地解决了一切，没有吵架和纷争。那之后,经历了短暂的痛苦,忽然感觉无法在那座城市待下去,无必要也无心情,干脆辞职,收拾东西返乡。

很久之后,我爸心情平复,才能和我聊起当日的事:那天他们一起等我很久,电话一直没有人接,大家快急疯了,已经报警,警察也没有头绪。到了仪式开始的时间,嘉明又拨了个电话,终于有人接了,是个男人,那男人冷冰冰说:"她在我家,不会去的。"说完挂掉电话。嘉明的脸色立刻变灰,独自一人进了房间,再没有出来。警察来之后,宾客们一一走了,酒店里的酒席上桌,无人赴席。下午三点多,两声雷,骤雨狂风,什么都被浇得七零八落,最后几个等待的亲戚也回去了。我爸去酒店大堂结账,看见空荡荡无人,发疯似的向我的手机打了二十个电话,无一接听。他那时候想,如果我不是被人绑架,他要亲手把我勒死,然后再自己去死。

在警局,他看见我孤零零坐在那里,只剩哽咽:"子不教父之过。"

永宁寺的善文和尚一天后来敲门,自那日窦氏把他赶出去后,他再没来过,据说他在外云游数年,往西走了很远,身上沾满风尘。他在佛堂坐了很久,一直不肯离去,直到杨华去见他。

善文说,我是受太后的托付来找将军。太后曾说,若宫中发生变故,唯有将军可以信任。

杨华心头一热,说,我要怎么救她。

善文说,马上是先帝的忌日,永宁寺的和尚要进宫为先帝念经,请您化装成沙弥随我们进宫,独自去嘉福宫。

杨华笑了,说,我一个骠骑将军,竟要化装成沙弥,要是被人捉住,不光是生死的问题,我杨氏一门的脸面也没有了。

善文伏下身去,说,必须面见,兹事体大,其余都不可靠。

杨华说,你们出家人,本该无垢无尘,却关心尘世的事情。

善文低头,说,将军说得是啊,久处人世,岂能无尘。

那天杨华独自一人,在二更时分抵达永宁寺,身着黄衣的百来僧众在塔下转圈,他抬起头来看着那塔,寺塔依旧辉煌,千盏佛灯照得周围如昼,未曾减一点风采。檐下风铃声与僧众低低哑哑的唱经声混在一起,又被大风吹散。走吧,不知道是谁说了一句,人群动起来,低声唱咒,缓步向宫中走去,像一群蚂蚁,沿着缝隙进入王宫,一路唱地藏经为先帝祈灵。

杨华逃脱了队伍，没有宦官宫灯的指引，他只能在黑暗中独自往嘉福宫去，此刻宫室的地图在心底格外清晰，一草一木的位置他都记得，只需偶尔避开巡逻的卫兵与更守。他稍稍想了一番，太后会对他说什么，这个一生要强的女人将会如何筹划与报复，目下看来，母子反目，被囚深宫，她已经全盘输尽。他忽然很想念起窦氏来，同样是草原上长大的女人，窦氏只如牛马一般温柔安静。

快走到太后的宫殿，远远看见一灯如豆，从窗纸中透出来，不像往常那么烛火辉煌。门窗俱上大锁，几天前的变故，不用说，也全看在眼里，那几把锁必是安静又迅速地锁了上去，她端坐着对峙，被锁入暗中。门口两个值守的卫兵，杨华两下子解决了。他从门缝中向内看，只是漆黑一片，冷气从里面冒出来，没有生炭火。

她小声问，是谁？

杨华说，是我。

她说，你果然是个守约的人。

杨华说，时间不多，请太后快告诉我要做些什么。

宫殿里窸窸窣窣衣袂摩擦的声音，过一会儿从门缝中掉出一张纸来，杨华拾起来放入怀中。拿得密信他该走了，仍忍不住在门前踟蹰。

太后问，你为什么还不走，等会儿人来了就走不掉了。

杨华说，你过得可还好？

太后说，怎么算好，怎么算不好。我这两天以头撞门，头撞到流血也没有人来管。明天一早上皇帝就叫人拿一条白绫或一瓶毒药过来，叫我去死，那叫不好；梁上野鬼穿梭，神佛不至，人却还活着，也算好。她咬着那口又碎又小的牙，轻声说，若轻易叫他们扳倒，倒辱没了我。早知如此，那天就该杀了皇帝，他和元乂此刻不知道该怎么得意，两个畜生。

他知道她恨，本有些隐秘的想法和要说的话，又咽了回去，自嘲笑了一声。他本想，今天救她出去，带她穿过重重宫墙，躲过宫人们细碎无声的脚步、无数眼睛一样的宫灯，一去不返，从此抛去了太后的身份，抛去京都繁华，往乡野或草原去，去临泾或去平城，或去草木茂盛的蜀中，隐姓埋名，稼穑织牧，自由地活着。此番欲说还休，如此不合时宜，他怎么能把她当成一个普通女人，以为她能过那样的日子，她十四岁入宫，在宫中度过半生，野心勃勃，除了这里，她还能去哪里，栖息宫廷的凤凰，困守其中，活在此，死也在此。他也笑了笑，自己是太后所有棋子中最听话的一枚，从不僭越，从不惹事，只因偶然的恩宠，便迷了心窍，竟然会有这样的妄想，大殿上，从她的位置到他的位置，十几米,却是天和地的距离。偏偏这笑声被她听见,她问,你笑什么?

他说,想到昨天善文和尚说的一句话。

她说,哪句?

他说,久处人世,岂能无尘。十年之前,我在远僻军营,绝想不到可以亲近陛下,也想不到自己会参与到这样的动乱之中。

门里面的人沉默一阵子,忽然发声大笑,笑声在空殿之中一圈圈回荡,盘旋入耳,这笑声又尖又利,已超出常人的喜悲。杨华立刻逃离,既觉刺耳,也恐这样的笑声招来守卫,难以脱身。回到家之后,他打开那封密信,太后让他带上他所有的人马,明夜子时进宫,她已经安排好了,守宫门的人会大开宫门,到时候他长驱直入,先去显阳殿将皇帝囚住,去嘉福宫与她会合,与元义算总账。信写得很简略,顶大的事,却略去了所有可能的挫折,他看完之后,又看一遍,只恐错漏信息,将纸放在蜡烛上烧了。当夜,他让阎府亲眷打点行装,第二日清晨即离开京城。窦氏说,往哪里去。他说,带着阿保离开洛阳吧,先往东去,五十里外的驿站等消息,如果听说洛阳乱了,或者听见太后仙薨,就继续往前,直到走不动为止。

他有亲兵四千，驻扎外城，是京都薄薄的屏障，他在洛阳城立身的资本，也是他父亲杨大眼留下的遗产。人虽不多，却多是能征战的老兵，他们中大部分人比他的年纪还大。得了这个密信之后，杨华点选了年轻精壮的四百名士兵，傍晚入城，于杨府门前集合，动静闹得很大，铁甲长戟寒光闪闪，走得也快，路边的人都看见了，闭锁了房门，他也不怕被人看见，此事宜决绝迅速，畏首畏尾反倒是祸。他知道事情绝不会像太后所说那么顺利，打草必定惊蛇，他向来没有野心，从来没有想过自己有一日竟会带着兵往宫中去。往承明门的路上，一路种满了高槐梧桐，已经长了十数米高，郁郁葱葱，往常不觉得这条路长，那天走起来只觉得无穷无尽，怎么也到不了头。此时，残阳未落，落霞像一片片血红的羽毛落在宫殿上，宫内响起哨声，还有一里地才到宫门，已经有望哨的侍卫瞧见了这队兵。

杨华在队前走着，忽见火在西边烧了起来，猛一眼看去，确是永宁寺着火，火烧得异常大，映红了天，再定睛细看，是一片云正好落在永宁寺塔上，云彩迎着宝瓶金光，看起来正像着了一场漫天大火。他想起阿保的预言，这座塔终有一天要烧掉，他这一步步马蹄向前，师出无名，踩在石头路上，向着一片血红，皇帝坐镇，元乂正在门楼上好整以暇，只等着他来送命,满城风雨,一场大乱,岂不是要应了阿保的预言。

她在等。他心中一口气,堵在喉间,忍不住退怯。

他吁住马,士兵们也停了下来,他转过头,见这些年轻黢黑的面孔,他们什么都不知道,却像马一样跟随。他叹口气,大声对众人说,回去了,我们救不了她,白白断送。

一队人忽然转头而去,打开了城门,奔出城去,一刻也不停留。来去匆匆一番,宫里的人还没闹清楚什么事,他还有半日的转圜余地,思索该何去何从。不能投奔兄长,他做了反贼,拉兄弟下水是不忠不孝不义。想来想去,一行人若作鸟兽散,也活不了,西边和北边都有重兵,走不掉,只有往南去,躲过追兵,有二十天的路程,投奔梁国才有一线活路,都是三两下定下的主意。他多年行军的经历正可以派上用场,只逃跑,不打仗更容易,只需要布一队疑兵从另一条路走,就能保全大队人马。

翻山之前,驻马回望,小儿阿保骑小马过来,牵着他的衣袖,陪他看了半刻。

都城广袤,纵横百里,明月如霜,城中灯火不熄,东北角的王宫散发森穆的气息,永宁寺塔在夜中灼灼煌煌。他又多看几眼,这一座大城,五十寺三百坊七千佛,以后都绝缘。

他想到太后，这女子此刻一定灰心伤悲，在昏暗之中苦等，等了半日，什么也没等到，她也一定会骂他懦弱，竟然临阵脱逃。经此一别离，终生不复见，死生不相干，城中的一切风云也都卷不到他身上，那如梦魇追随的预言，不知道能不能破。

那天脚被扎穿后，伤口沾了水，果然化脓，拆开纱布，脚底板肿出老高，放掉了脓血，里面的烂肉一层层翻出来。医生换完药，吓唬我，得十分注意，不然坏死，搞不好整个脚掌要截掉，之前有个人甲沟炎没注意，截掉了四个脚趾，从此走路经常掉鞋。我说，能接受。前脚狠话放完，后脚炎症反应发烧不止，到医院住一天打吊瓶。医生说，最好住个院，换药方便。我说，那就住院吧。我爸在医院守着我，几棵高梧遮荫，输液室中绿阴凉凉，窗外有孩子大哭，哭一阵就停，停一阵又哭，直至呜呜囔囔一团没了声音。

在家待了半年，每天在外闲逛，几乎没和我爸说过话，猛然面对面，眼睛不是眼睛，鼻子不是鼻子，彼此看不对眼，我竟然不知道我爸的老年斑已经爬了半张面，乍一眼看去像是被人打过的乌青。我们互相怜惜，又互相轻视。

我说："我在家休息够了，准备走了。"

我爸抬起头说："去哪里？还回上海吗？"

我说："没想好。"

"要不然就在家里找份工作，或者做份生意，人不需要那么大的野心，好歹是活。"我爸抬头看我一眼，他老花眼，目光浑浊，满脸局促，已经不习惯教导我，"你年纪也大了，好多事情要深思，哪能这么混一辈子。"

"我知道爸的意思。"我说，"会深思。"

我爸叹一口气，说："管你太少了，什么都自己做主，从来不和我商量，也不让我知道。"

"好的，好的，我知道了，我以后一定听你的。"我说。只求他快走，盐水顺着血管流进来，体温都流失了，"我病了，又累，不想说话，让我一个人待着吧。"

我爸长长看我一眼，走了出去。整个房间只剩下我，还有一个病糊涂了的老太太，我们一起呼吸医院里包含消毒液的空气，直到肺部浸满。恍恍惚惚睡过去，忽然想起《南奔》里的胡太后被囚那段《诉衷肠》，于情于景也不算贴切，半睁着眼，朦胧见简红珠从墙角里走出来，戚戚唱了一段。知道是日夜所思之梦，也不挣扎着醒过来，让她唱完。

梧桐萧萧落阶凉，廿岁月淹留洛阳。凤凰鸟，胆魄壮，心性强，困在这宫墙，将往事从头省，不过是一梦黄粱，无甚可思量。

偶尔，我还是会做噩梦，梦见自己被关在铁屋之中，有一件要紧到不得了的事情等着我去做，我却打不开门，急到肺腑都被扯痛。我检查了墙壁的每一寸，一寸裂缝也没有，铁屋如此结实，密不透风，就算把自己砸烂也逃不出去。梦中的耻辱与愧悔比现实中还要强烈，醒来心脏如被铁锤砸过。嘉明和我还是朋友，碰到事情我还是会打电话给他，只是联系的频次随时间推移越来越少，大家各奔前程，就算没有什么前程要奔，也被推着搡着往前走，停不下来。

这些事情，我爸这么个长舌公早就对张叔说了，但张叔非常识趣地没提，或许并不在意。又不是什么大风大浪，不过是一段迂回的山路，走起来费劲。

我听说他又要走了，海南的产业终于喘过气来，正等他重振旗鼓，特区一旦划定，又是新的深圳，他是那种能够准确嗅出金子在哪里的人，掘金更像一种爱好，甚至本能。古戏台园经过几轮谈判卖了个好价钱，由私人产业转为公立的特色文化公园，很快就要换牌。"金色水乡"开盘大吉，两三个星期内几乎全部卖完，又因为离古戏台园近，也不算完全的荒芜，价格还向上走了一些。以小博大的生意他一步步，又做成了。

我的脚掌好得差不多，在脚底留下一个圆形的褐色疤痕，走路久了脚仍会痛，必须停下，医生说这会是陪伴终身的小毛病。张叔让我去找他，到了古戏台园的办公室，他正指挥工人把家具往外搬，空出场地来，一问之下才知，一个星期后，这里就不是他的了。我们走出办公室，重新检视园中的几十座古戏台，如最后一次阅兵。经历了开盘那几日的热闹，这里重归于寂，张牙舞爪的戏台，宝顶、飞檐、粉墙、朱户，又被门板紧紧封印，谁也说不清它们最终的去向。也许会被人珍视，得到很好的维护；也许会被过度修缮，变得面目全非；也许会因为缺少经费，逐渐倾颓，成为一片昂贵的废墟。

"丢下它们会不会觉得可惜？"我问。

"过程最重要。"他说。

"一开始搞古戏台园就是为了搞钱吧？"

"主要是为了钱。"他说，"也为了别的，比如说，简红珠、自己，甚至你这个小朋友。"

"为什么不留下来呢？"我说，"也快到退休的年龄了。"

"心里不安分啊。"

他抬起头来，朝天际看了一眼，秋日的傍晚云彩飞速流动，天一下子暗了，凉意自上而下。

张叔说这么长时间来，感谢我总是来探望他，我们算是忘年交，小城里唯一的知己，我陪着他折腾，他陪着我折腾，在折腾中互相欣赏，他问我要不要跟着他南下，为他工作，他可以照应我。我想也没想便拒绝了。他又问我，有什么想要的。我说，原本的《南奔》，您应该留着没什么用，留着给我做纪念吧。他说，还好没要车子或者房子，虽然也给得起，但太贵了，我会肉疼。

《南奔》到手，秋日最后的蝉鸣震耳欲聋，我翻开那本本子，扉页已经被撕去，他的名字与那个名动一时的女伶的名字都没了，这个故事，倒成个无主的故事，与具体的人再没有联系，无关张叔和简红珠，甚至无关杨华和胡充华，满纸是不甘与逃避，偶尔蹦出的谶语，映照着他人与自我，过去和未来。由破碎、混乱、平庸、愚蠢、巧合拼构，泥牛入海，翻山跋涉，等不及一个结局，一旦它尘埃落定，便要散开，退去，直至肉身消磨，再也不见。

"我要走了。"我对我爸说。

"我知道。"我爸说，"去哪里？"

"往南去。"

杨华在前面走着,整个队伍都蘸入南方蒙蒙细雨,拨开人头高的草向前。

阿保的脸色发青,嘴唇苍白,似是结了一层霜,身体已经凉了,呼吸轻微。窦氏的面孔也是青的,说,阿保要死了,这路还要走多久。

左边五里开外是洞庭,古之云梦泽,这些蔓草都是得了它的滋养,才长得这么油亮。走了一会儿,阿保睁开眼,眼睛熠熠如星。大家都知道不好了,暂时停下脚步,听他要说什么。杨华把孩子抱在怀中,发觉阿保已如一片鸿毛那么轻,在手上竟然没有分量。阿保问,我们要去哪里?杨华说,快到梁国的地界了。阿保说,不回洛阳了吗?杨华说,不回了。阿保说,可我听到一阵佛铃声。杨华说,那是远处的浪声。阿保清醒过来,口气只如神佛点化,他说,你可知是躲不过的,无论走到什么地方,从南方到北方,离了洛阳,去了建康,还是逃到别的什么地方,该着就是该着,所疑所信所惑都会一一验效。杨华不语。

阿保又说，你把我丢在这里，不用入葬，哪有什么他乡故乡，早入轮回。说完呆笑一阵，一口气咽下。窦氏哭得昏厥过去，杨华以两张羊皮裹住尸首，又用绳子捆扎好，扒开一片草，将这羊皮棺椁放到草中央。一行人径自离去，杨华回头看了几遍，走出一里多地，又跑回来，仍然走入那片草，早就有野兽在一旁守着。杨华把那捆缚在羊皮上的绳索解开了，露出孩子雪白的脸，使他得见天日，又解去他一身金银繁琐，只就近折了朵草花，放在孩子的额头上，反身离去，把他交付了。

草地上走路，腿越走越软，越觉深陷其中，也越觉没有尽头，忽然最前的向导喊了一声：快走到了，快出去了！人群低低地吼了一声，提起一口气，连浮在眼前的瘴气也开始消散，有来自陆地丝丝缕缕的土馨。

忽然自那草中传来一阵阵铃声，丁零零与雨声混杂，众人回首一望，草天茫茫，如山如海，从中看出一座朱红高塔，半隐在云深处，倏忽又被大风刮走。

后　记

1. 杨华，武都仇池人也。父大眼，为魏名将。华少有勇力，容貌雄伟，魏胡太后逼通之，华惧及祸，乃率其部曲来降。胡太后追思之不能已，为作《杨白华歌辞》，使宫人昼夜连臂蹋足歌之，辞甚凄惋焉。

华后累征伐，有战功，历官太仆卿，太子左卫率，封益阳县侯。太清中，侯景乱，华欲立志节，妻子为贼所擒，遂降之，卒于贼。

2. 胡太后诗作

《杨白花》

阳春二三月，杨柳齐作花。

春风一夜入闺闼，杨花飘荡落南家。

含情出户脚无力，拾得杨花泪沾臆。

秋去春还双燕子，愿衔杨花入窠里。